# 感覚論序説

- 万葉・古今・源氏 -

제이앤씨
Publishing Corporation

# 目 次

# 第Ⅱ部
## 五感をめぐる『源氏物語論』

# 感覚論序説

—万葉・古今・源氏—

# 序 章

和歌の復興を夢見る若き日の貫之は、漢詩に対する、国語による新文芸の可能性を探りながら、かなりの気負いを感じていたに違いない。仮名序は、次のような名高い文章で書き出されている。

> やまとうたは、人の心を種として、万の言の葉とぞなれりける。世の中にある人、ことわざ繁きものなれば、心に思ふことを、見るもの聞くものにつけて、言ひ出せるなり。花に鳴く鶯、水に住む蛙の声を聞けば、生きとし生けるもの、いづれか歌をよまざりける。

和歌の「言葉」は、「人の心」を「種」とし、「見るもの聞くものにつけて」表現されるとしている。「見るもの聞くもの」は、形のある「物」を、感覚的に捉えたもので、「つけて」は、「関連させて」「託して」の意であろうから、つまり「心」を、感覚を伴う「物」に託して表現するのが、和歌であることになる。感覚的なもの、例えば、「花に鳴く鶯の声」「水に住む蛙の声」を、そのまま歌に詠むのではなく、それらの声に託して、「心」を詠むわけで、直接的には、『万葉集』における寄物陳思の歌を意識したものと思われる。すると、和歌は、乖離してしまった「心」と「言葉」の一体化を目指すもので、「見るもの聞くもの」は、その為の、一種の表現方法であると言えよう。実現可能か否かの問題はともかくも、「心」と「言葉」と「物」を仲立ちしているのが、いわば「感覚」なるものである。

周知のように、『古今集』は、言葉そのものへの関心を主としている。懸詞・縁語など、純粋に言語上の技巧を追い求めたのも、新しく発見した言葉を、知的に再構成し、自立する言語世界を創造するために他ならない。しかも、『古今集』は、かつて和辻哲郎氏[1]によって説かれたように、「瞬間の情緒」を鋭く捉えて歌うよりも、「情緒の過程」を重んじる傾向がある。『古今集』において、感覚は、一見、言葉に奉仕するかに見えるのである。

但し、鈴木日出男氏の指摘のように、平安時代における和歌表現が、たがいの意思感情を通じあわせようとする共通性を基として、その中に個的な感情を封じこめることを構造化していると捉えるならば[2]、集団と個人を繋ぎとめているのは、何も「歌ことば」などの技法のみではなかろう。場合によっては、「見るもの聞くもの」それ自体が、集団と個の緊張関係を表しているのである。というのは、感覚とは、詰まるところ、人の心と心との仲立ちとなっているからである。「橘の香り」が昔の人を思い起こさせる、というような共通の感覚もあれば、『源氏物語』などに見られるように、非常に個人的・身体的な感覚もあって、その場合は、全く固有なものであるのみならず、本人にも一回一回の体験が異なる種類のものであろう。言い換えれば、人間は所詮、他人の感覚を全く同じように感じることはできないし、個人にとっても一回一回の感覚が異なるものであろうが、にもかかわらず、文学表現は感覚なるものを共有することを前提に制作・享受されるのである。

このような感覚が、特に問題になるのは、「もののあはれ」を本意とする『源氏物語』においてである。宣長がいう「あはれ」とは、「見るもの、聞くもの、ふるゝ事に、心の感じて出る、嘆息の声」(『玉の小櫛』)である。「すへての見る事聞く事につきて、おもしろし共おかし共、おそろし共めつらし共、にくし共、いとおし共哀共思ひて、心のうこくは、みな感する」(『紫文

1) 和辻哲郎「『万葉集』の歌と『古今集』の歌との相違について」(『日本精神史研究』岩波文庫、一九九二)p.136
2) 鈴木日出男「和歌における対人性」(『古代和歌史論』東京大学出版会、一九九〇)p.22

要領』)ことだし、それによって「もののあはれを知る」ことが可能だとする。自然を含めた外在の世界に触れた時の、こちら側の「感覚」、それを敏感に感じることが「もののあはれ」を知ることで、物語の世界を理解することになる。従って、『源氏物語』には、様々な感覚が、「言葉」より、「心」に寄り添う形で表現されている。この世界においては、いわゆる「五感」のそれぞれが固有の世界を構成し、なおかつ、共感覚的に機能しているのである。

後述するように、『源氏物語』には、実際には共感覚的に機能しているにせよ、それぞれの感覚が、固有のものとして捉えられている場合が多い。しかし、文学史の流れを重視する観点から『源氏物語』以前のものを振り返ってみても、感覚がこのように研ぎ澄まされたものとして機能し、それが「表現」として定着するのは、恐らく『源氏物語』においてであろう。『万葉集』の場合は、視覚や他の感覚を含み込む全体的な感覚が目立ち、視覚的なものが、あるゆる感覚を統合しているのである[3)]。『古今集』の場合は、『万葉集』に比べて、それぞれの感覚が鋭い形で捉えられているものが多いが、にもかかわらず、既に触れたように、あくまでも言葉そのものへの関心が主であって、感覚は言葉に奉仕する傾向があるのである。言い換えれば、『古今集』の歌は、かつて、窪田空穂氏が説いたように、「人事と自然とが一つになり、渾融した状態[4)]」となっている和歌が多く、その過程において、それぞれの感覚を際だたせる様々な工夫がなされているが、その一方で、言葉の知的な再構成により重心を置いた結果、歌が示す言語空間に感

---

3) 多田一臣『大伴家持』(至文堂、一九九四)、多田一臣『額田王論ー万葉集論ー』(若草書房、二〇〇一)、土橋寛「国見の意義」(『古代歌謡と儀礼の研究』岩波書店、一九六五)、中西進「古代的知覚ー「見る」をめぐってー」(『万葉集原論』桜楓社、一九七六)などに詳しい。

4) 窪田空穂「古今和歌集概説」(『古今和歌集評釈(新訂版)(上)』東京堂、一九六〇)には次のように、指摘されている。p.24
「古今和歌集の和歌を通覧して、第一に最も際だって感じられる事は、人事と自然とが一つになり、渾融した状態となって、どこまでが人事で、どこからが自然かという見さかいが付かなくなっている和歌の多い事である。」

覚性、特に視覚性が薄れてしまうと、正岡子規のように、紀貫之の世界が全く理解できなくなるのである。しかし、『源氏物語』になると、言葉より、心の方が遥かに問題にされ、感覚はより自立的に抒情化し、心に寄り添う感覚、とでもいうべきあり方が定着するのである。これが、感覚と言葉をめぐる、文学史の見取図である。

以上のような観点に基づき、本書は、第Ⅰ部では、『万葉集』から『源氏物語』に至る嗅覚表現を検討し、第Ⅱ部では、『源氏物語』における聴覚表現と視覚表現について考察してみた。まず、第Ⅰ部の「嗅覚表現の文学史的展望」では、『万葉集』から『古今集』『源氏物語』に至る文学史の流れを射程に入れて、それぞれの作品において、嗅覚表現がどのような様相を見せているのかを検討した。

まず、第1章の「大伴家持における「にほふ」」では、「にほふ」をキーワードにして、『万葉集』の嗅覚表現、及び『万葉集』における「感覚」の問題について考えてみた。『万葉集』の「にほふ」の場合は、従来、「色彩」を表わす視覚的な表現から嗅覚の意味へと転じて用いられた言葉と理解されてきたが、大伴家持以前の比較的古い時代の用例から、視覚や嗅覚を越えた、全感覚的な言葉として出発した語であることが確認された。『万葉集』においては、視覚があらゆる感覚を統括し、それぞれの感覚が固有のものとして把握されていなかったのである。これは一般的に言われているように、単に、古代においては嗅覚的な表現が貧弱であった、ということだけを意味するものではない。同じく視覚的な用法と言っても、あらゆる感覚を統括する視覚と、諸感覚からすくい上げられた形で機能する後世の視覚とは、明らかに位相を異にしているからである。従って、上代においては、嗅覚のみならず、視覚も、後世のそれとは異質的なものであると言わざるを得ないのである。但し、万葉後期の歌人である大伴家持に至ると、純粋に視覚や嗅覚の意味として捉えられる用例が多く見られる。

以上のように、『万葉集』の嗅覚表現は、視覚表現と深く関わり、場合によっては、視覚表現に奉仕するものとして機能したが、『古今集』になると、視覚を切り捨てた形で、純粋に嗅覚的な意味として用いられるものが多くなる。第2章の「『古今集』の感覚」では、「にほふ」と「香」の用例を通して、『古今集』になって芳香表現が飛躍的に増加したこと、なおかつ、その内容においても、『万葉集』の場合とは違って、嗅覚が固有の表現として自立していることを確認した。『古今集』によってはじめて、五感が分立する、新たな「感覚」の世界が切り開かれたのである。これは、『万葉集』と『古今集』との歌風の変質を浮き彫りにしているのみならず、『古今集』以降の『後撰集』や『拾遺集』などとの比較検討からも明らかになったように、いわゆる『古今集』的な表現の特質とも深く関わるものである。例えば、『古今集』によって達成された「非在の梅」、すなわち「不在の景物を歌う表現」は、「観念的な思考」を要とする『古今集』の典型的な表現であると言えようが、『古今集』の性格の一部をそこに認めるならば、ものの香を詠じることは、まさにそのような古今集的表現を成り立たせるための恰好の素材であったと思われる。

ちなみに、このような嗅覚表現には「漢詩文の影響」が著しく窺えるが、それと同時に、平安初期以来発達した薫物の流行も視野に入れるべきで、第3章の「『古今集』の「袖」の香」では、「袖の香」をキーワードにして、『古今集』の嗅覚表現における「薫物」の影響を考えてみた。そして、「袖の香」を詠んだ歌には、人事的・情緒的・恋愛情調的な性格が濃厚な用例が多いこと、なお、『古今集』が開拓した「袖の香」の斬新性は、『後撰集』や『拾遺集』の和歌の世界ではなく、新しく誕生した物語というジャンル、特に『源氏物語』において有効に機能することから、『古今集』の芳香表現が持つ先端性・斬新性の真の継承者は、『源氏物語』に他ならないと捉えた。

というのも、『源氏物語』には、実に様々な香りが登場し、なおかつ、奥行き深い表現として機能しているからである。まず、第4章の「空蟬物語の「いとなつかしき人香」考ー『古今集』との表現的関連についてー」に見られる「香」は、人柄の表象として用いられたもので、上代文学に見られる古代的な発想の「香」と、『古今集』時代になって和歌の中に本格的に登場する純粋な意味での「香」が、両方から意識されている例である。

一方、『源氏物語』の嗅覚表現は、光源氏没後の、「闇」の世界を語る続編において顕著に窺える。例えば、第5章の「浮舟物語における嗅覚表現ー「袖ふれし人」をめぐってー」は、回想の場面において嗅覚表現が如何に有効であったかを如実に見せている。言語化が困難な「身体的な感覚」としての嗅覚が、その独特な性質によって、尼になった浮舟の内面を掘り下げているのである。ちなみに、これは、もともと、古注以来見解が分かれていた「袖ふれし人」の問題について、嗅覚表現を手がかりに匂宮説の可能性を探ろうとしたものであった。

第6章の「「匂ふ兵部卿・薫る中将」考」も、「闇」の世界に漂う香りと関わっているが、というのも、「薫」と「匂宮」という、嗅覚的な名称の問題について考察したものだからである。そもそも、光源氏没後の世界を語り始める匂宮三帖には、新しい主人公として登場する薫と匂宮との対照的な設定が随所に見られるが、その端的な一例として、二人の芳香の問題が挙げられるのである。天性の体香を備えたと紹介される薫が、それに挑み、人工の「香」で対抗する匂宮とともに「匂ふ兵部卿、薫る中将」と讃えられているわけであるが、両者の芳香の違いがどうして「にほふ」と「かをる」という言葉によって象徴されているのかを、上代文献や『源氏物語』のその他の用例を通して考えてみた。そして、「にほふ」と「かをる」の様々な意味から、両者の対偶性を考えた上で、あえて図式化を試みるならば、その一つとして「今」と「過去」との対比が考えられるとし、そこから、薫・匂宮それぞれの人物像について考えてみた。

これらの他にも、『源氏物語』には枚挙にいとまのないほど様々な香りが登場するが、第7章の「『源氏物語』の香りの諸相」では、それらの中でも代表的なものとして、六条御息所における「芥子の香」と、薫の天性の「芳香」の問題など、二点について考えてみた。六条御息所を苦しめる「芥子の香」が、芳香ならぬ、「一種魔術的な形相を持っている」ものとするならば、「香のかうばしさぞ、この世の匂ひならず」(匂宮④二六)とされる、薫の天性の「芳香」は、仏教的な意味合いが深くこめられた「神聖な香り」で、明らかに異質のものだからである。以上のように、『万葉集』から『古今集』『源氏物語』に至る芳香表現は、それぞれ異なる様相を見せつつ、それぞれが抱えている「感覚」の問題を浮き彫りにしながら、展開していく。

『万葉集』『古今集』『源氏物語』の嗅覚表現を中心として感覚の問題を考えた第Ⅰ部から視点を変え、第Ⅱ部の「五感をめぐる『源氏物語論』」では『源氏物語』を中心に、「聴覚」と「視覚」の問題について考えてみた。まず、第1章の「『源氏物語』における聴覚表現」では、かつて石田穣二氏が『源氏物語』の文体の特質として提示した「聴覚的印象」という捉え方を踏まえ、聴覚的印象を通して、具体的・立体的に臨場感溢れる視覚的な世界が再現されることを確認してみた。そして、そのような場面描写が、登場人物・作者・読者の、それぞれの「感覚の共有」を前提にしている点に注目し、屏風歌の表現との関連性について考えてみたのである。というのは、画中人物に身を移して、創作・享受される「屏風歌」は、屏風歌が織りなす「小宇宙への参入感」が何よりも重要で、物語における「感覚の共有」の問題と相通じる面があると思われたからである。しかも、両方とも「視覚的なもの」を表現の起点にしていて、『源氏物語』の聴覚表現は、視覚表現を抜きにしては考えられない一面を持っていたのである。

第2章の「「感覚」と「場面」と「時間」-『源氏物語』の視覚表現をめぐって-」では、源氏の「須磨」の住居が、漢詩の一句を絵画的な構図として文章化したものであったこと、なお、『源氏物語』には、実際の様々な絵画が取りあげられる他、「絵画的なもの」の想像力に支えられる場面が多く存在することを確認した。そして、そこに見られた「視覚」というのは、『万葉集』の表現にしばしば見られるような、諸感覚を統合する意味での「視覚」ではなく、より純化された、五感の一つとしての個別的な感覚としてのそれであったことを、『源氏物語』の「目とまる」の表現性を通して確認してみた。そして、『源氏物語』の感覚が、五感を統合的なものと捉える『万葉集』的な感覚とも、「心」と「言葉」の乖離を仲立ちし、自立する言語世界に身を捧げる『古今集』的な感覚とも位相を異にし、「心」に寄り添う「感覚」として展開されることを確認した。

# 第Ｉ部
## 嗅覚表現の文学史的展望

# 第1章
## 大伴家持における「にほふ」

### I．はじめに

従来、「にほふ」は、「色彩」を表す視覚的な表現から嗅覚の意味へと転じて用いられた言葉と理解されてきた。ごく最近の辞書[1]をひもといても「「にほふ」の「に」は「丹《に》」に関連し、赤系統の色が際立つことが原義とみられる。色彩が照り輝くことから転じて、香気が香り立つ意が生じた」と説明されている。五感が分立する現代の感覚に基づいて、「視覚」から「嗅覚」へと、「にほふ」の意味が変化したと捉えているのである。

一方、万葉の最後の歌人大伴家持は「にほふ」という言葉を多用して、用例は約二九例にも及び、「にほふ」の全用例の三分の一を占めている。しかし、家持の特異性は、「にほふ」の用例が多く見られる、ということのみではない。家持の用例の中には、諸注において、『万葉集』の中で唯一、確実に嗅覚的な「にほふ」であると指摘されている用例があり、内容的にも、前時代の用例と一線を画しているからである[2]。

しかし、家持の嗅覚的な「にほふ」に注目しすぎることで、見落としてしまうものはないのか。というより、そもそも『万葉集』において、「視覚」から「嗅覚」へ、という見方そのものが有効であろうか。本稿では、「にほふ」と

---

1）山口尭二・鈴木日出男編『全訳全解古語辞典』(文英堂、二〇〇四)p.969
2）家持の「橘のにほへる香かもほととぎす鳴く夜の雨に移ろひぬらむ」(十七・三九一六・家持)は、諸注において、『万葉集』の中で唯一、確実に嗅覚的な「にほふ」であると指摘されている用例である。

いう言葉の背後にあった古代の感覚と意味の世界を探ってみたいと思う。

## Ⅱ.「にほふ」の用字

『万葉集』にはやや特殊な用例も含めて、約七六例に及ぶ「にほふ」の用例が見られるが[3]、用字の面で顕著なのは、正訓字で表記された用例が八例に過ぎず、殆んどが「仁保布」「丹穂日」などの形で、一字一音の仮名表記になっていることである。但し、一首全体が一字一音になっている用例、あるいはこれに準ずる形になっている用例が、巻十四、十五、十七、十八、二十を中心に約二十例見られるが、これらの場合は、そもそも、それらが収められている巻の万葉仮名表記の問題とも関わっているので、「にほふ」の仮名表記自体に特に意味があるとは言えない。

しかし、問題は、一首全体、ひいては巻全体が、正訓字主体表記の場合でも、あえて「にほふ」だけは仮名表記にしている例が多いことである。

① 馬の歩み抑へ駐めよ住吉の岸の黄土ににほひて行かむ[4]
(馬之歩　押止駐余　住吉之　岸乃黄土　爾保比而将去)
(六・一〇〇二・安陪朝臣豊継)

② 妹が袖巻来の山の朝露ににほふ黄葉の散らまく惜しも

3) 「にほふ」に関わる言葉の形態は「にほひて、にほはぬ…」などの形で四段活用する動詞「にほふ」や、名詞「にほひ」の用例が最も多く、さらに殆んど「染める」という意味で用いられている四段活用の動詞「にほはす」などの三つの形が用例の殆んどを占めている。但し「にほはす黄葉」(八・一五八八)「にほえをとめ」(十三・三三〇五/三三〇九)「にほえ栄えて」(十九・四二一一)「にほしし衣」(十六・三七九一)「匂ふれど」(十六・三八〇一)など、やや問題のある例も存在する。様々な問題が残るが、本稿ではこれらの語を全て同じ一類の語として扱うことにする。なお、この他に「花にほひ」の例が二例見られる。

4) 『万葉集』の歌番号と引用は中西進『万葉集全訳注原文付』(講談社文庫)による。

(妹之袖　巻来乃山之　朝露爾　仁宝布黄葉之　散巻惜裳)

(十・二一八七・作者未詳)

③ 紅の濃染の衣を下に着ば人の見らくににほひ出でむかも

(紅之　深染乃衣乎　下着者　人之見久爾　仁宝比将出鴨)

(十一・二八二八・作者未詳)

上の用例は、一首全体が正訓字で表記されているにもかかわらず、「にほふ」だけは敢えて仮名表記にしている例で、『万葉集』に多く見られる形である。具体的な数字で示すと、「にほふ」の全用例(約七六例)の中で約四八例がこのようなパターンで、「にほふ」の表記の典型的な形であると言える。一方、正訓字で表記された僅かな用例を見ると、宛てられた漢語は「薫」(三二八・九七一)、「香」(四四三・三三〇五)、「艶」「艶色」(一八五九・一八七二)、「染」(二一七九・二一九二)などであるが、「あをによし寧楽の京師は咲く花の薫ふがごとく今盛りなり(青丹吉 寧楽乃京師者 咲花乃　薫如今盛有)」(三・三二八・小野老)のように、全てが正訓字主体表記の歌に用いられている。逆の場合、すなわち、仮名表記を基本とする歌の中で、「にほふ」だけは漢字で意味を表すような用例は一例も見られないのである。「にほふ」の漢字表記はきわめて消極的なもので、最小限に抑制されていると言わざるを得ない。

以上のように、「にほふ」の用字から窺える様々な特徴から、『万葉集』における「にほふ」は安易に漢語で表記することの困難な語で早く柴生田稔氏が指摘したように、「本来の国語であり、また端的にその意味を示しにくい様々の色調を持つた語[5]」と思われる。表記法のみならず、後述するように、意味に関しても一概には言えない点が多く見られるからである。

『万葉集』における「にほふ」の意味は、本居宣長が「玉勝間」の中で「にほひとおほくよめるは、みな色のにほひにて、鼻にかゞるゝ香にはあらず」と述

5) 柴生田稔「「かをる」と「にほふ」」(『国語と国文学』、一九五九・三)p.7

べたように、主として、いわゆる視覚的な表現であったことが広く知られている。実際、『万葉集』の「にほふ」の用例の中には、女性の美しさ、紅葉や衣の色が鮮やかに映発している状態などを視覚的な映像とした捉えたものが多い。

① 紫草のにほへる妹を憎くあらば人妻ゆゑにわれ恋ひめやも
(一・二一・大海人皇子)
② 紅に衣染めまく欲しけども着てにほはばか人の知るべき
(七・一二九七・人麻呂歌集)
③ 奈良山をにほはす黄葉手折り来て今夜かざしつ散らば散るとも
(八・一五八八・三手代人名)

①は「妹」の美しさ、②は「衣」の色、③は「黄葉」の色を示す用例で、いずれも対象の持つ美質を視覚的な映像として捉えている。このような性質の「にほふ」の用例が多いことを見ると、確に「にほふ」は何よりも視覚に訴える語であったと思われるのである。

しかし、だからといって、宣長の説く「色のにほひ」を『古今集』以降の、いわゆる「視覚的な「にほふ」」と同質として捉えられるかと言えば、やはり違うとしなければならない。後述するように、『万葉集』には、大伴家持や『古今集』などには殆んど見られなくなった用法がかなり見出せるからである。それを確認するため、まず、「にほふ」の用例を家持以前と以後に分け、その意味内容の変遷をたどってみたいと思う。

## Ⅲ.『万葉集』における「にほふ」ー家持以前

① 草枕旅行く君と知らませば岸の埴生ににほはさましを
(一・六九・清江娘子)

② 白波の千重に来寄する住吉の岸の黄土ににほひて行かな
(六・九三二・車持朝臣千年)

③ 馬の歩み抑へ駐めよ住吉の岸の黄土ににほひて行かむ
(六・一〇〇二・安陪朝臣豊継)

④ 草枕旅行く人も行き触ればにほひぬべくも咲ける萩かも
(八・一五三二・笠朝臣金村)

⑤ わが待ちし秋萩咲きぬ今だにもにほひに行かな遠方人に
(十・二〇一四・人麻呂歌集)

⑥ 手に取れば袖さへにほふ女郎花この白露に散らまく惜しも
(十・二一一五・作者未詳)

①②③は、いずれも家持などの万葉後期以前の作で、類似した発想の表現が見られるが、特に②と③の用例は、住吉の岸の埴土に衣を染めることを「にほひて行く」と表現している。類似した表現の⑤の「にほひに行かな」は、遠方人、すなわち織女に逢いに行く、という意の間接的な表現で、同じ色に染まる意から、男女のふれあいを暗示している。このような用法は後の大伴家持や『古今集』などの用例には殆んど見られないもので、いわゆる「視覚的な「にほふ」」という捉え方では収まりきれないものがある。

ちなみに、『万葉集』の「にほふ」には「染まる」という意味の用例が多く見られるが、中には、④⑥のように、ある接触を前提に対象の色に染まるといった例も少なからず存在する。④は咲き乱れている萩の花に触れただけで衣が赤い色に染まり、⑥も女郎花を手に取ると袖まで美しい色に染まる、という表現である。いずれも対象の視覚的な美質を「にほふ」という言葉で捉えながら、それと同時に、それが視覚だけに止まらない表現になっている。

そもそも、視覚とは、対象との距離を前提とする遠隔感覚である。視覚という感覚が持つ性質を重視すると、上のような用例は単に対象を「見る」ことに止まらない表現になっていると言えよう。上の一部の用例では、対象を対象として「見る」のではなく、「触れる」ことによって、接触した対象に影響を及ぼしている、その働き自体を表現しているからである。

従って、通説で「にほふ」は、視覚を意味するところから、「転じて」嗅覚を意味するようになったとされているが、そのような説明は、かえって「にほふ」の本来の多様な意味合いを矮小化させてしまうであろう。それより、多田一臣氏が指摘するように、もともと「にほふ」は、視覚や嗅覚を含み込む「全体的な感覚[6]」として出発したもので、それが一般的に視覚的な「にほふ」と捉えられているのは、「古代では、視覚があらゆる感覚を統合[7]」したからであろう。

要するに、『万葉集』の「にほふ」が、様々な意味合いを持ち、なおかつ多様な感覚を背後にしながら出発した言葉であることを認識した上で、にもかかわらず、多くの場合、視覚的な表現として捉えられていることに、古代語における感覚の問題が孕まれていると言えよう。

## Ⅳ. 家持の「にほふ」

確に宣長の指摘通り、『万葉集』の「にほふ」には嗅覚的な用例があまりにも少ない。ちなみに、『古今集』には「にほふ」の用例が十九例見られるが、明らかに嗅覚の意味で用いられたものが半数以上の十一例で、『万葉集』とはきわめて対照的である。『万葉集』の中で嗅覚の「にほふ」と関連したものとして、次のような用例がある。

十六年の四月五日、独り平城の旧き宅に居りて作れる歌六首
① 橘のにほへる香かもほととぎす鳴く夜の雨に移ろひぬらむ

---

6) 多田一臣『額田王論ー万葉集論ー』(若草書房、二〇〇一) p.87
7) 注6)に同じ。 p.87

（十七・三九一六・家持）

② 橘のにほへる園にほととぎす鳴くと人告ぐ網ささましを

（十七・三九一八・家持）

③ 鶉鳴き古しと人は思へれど花橘のにほふこの屋戸

（十七・三九二〇・家持）

①は、ほととぎすの鳴く夜の雨に、橘の香が失せるのではないかと案じる歌で、一般的には「橘のにほへる香かも」という形から、『万葉集』の中で唯一、確実に嗅覚の「にほふ」であると指摘されている用例である。多くの注が「確実にかおる意味」を認めているのは、「橘のにほへる香」として、「にほふ」の後に「香」が続くからである。要するに、①の用例の「にほふ」が嗅覚的な意味であると捉えられているのは、あくまでも「香」という言葉があるからである。

しかし、「香」という言葉の有無に関係なく、この連作における「にほふ」は明らかに嗅覚的な意味と思われる。というのは、①の「鳴く夜の雨に」という表現からも窺えるように、この歌が「夜」を背景にしているからである。まさに『古今集』の「闇に漂う香[8]」を髣髴させる趣で、この歌で家持は、従来色彩的に用いられてきた「にほふ」を嗅覚的美意識にまで拡大したと評価されている。

実際、「にほふ」が、このように純粋な形で嗅覚表現として用いられている例を、他では殆んど探せない。「香」「薫」などの用字がなされている僅かな用例にしても、家持の「にほふ」とは明らかに趣を異にしている。例えば、

---

8) 例えば、「くらぶ山にてよめる」という詞書を持つ「梅花にほふ春べはくらぶ山やみにこゆれどしるくぞ有りける」（春上・三九・貫之）が挙げられよう。「くらぶ山」から「暗い」を連想し、闇の中を漂う梅の香りを機知を働かせて詠んでいるもので、視覚が閉ざされた「くらぶ山」で、嗅覚は一層研ぎ澄まされた感覚として機能している。視覚を切り捨てた「暗香浮動」の趣向こそ、『古今集』の「五感の分立」の様相を垣間見せる重要な手がかりの一つである。

「薫」と記した次のような歌がある。

あをによし寧楽の京師は咲く花の薫ふがごとく今盛りなり
(青丹吉　寧楽乃京師者　咲花乃　薫如　今盛有)
(三・三二八・小野老)

大宰府での宴歌で、往時の奈良の都の繁栄ぶりを礼讃した名高い歌であるが、その繁栄ぶりを直接表現しているのが「今盛りなり」であるならば、その繁栄ぶりを具体的に表しているのが「咲く花の薫ふ」という表現であろう。「咲く花」の「にほふ」姿に、眼前に髣髴する新都のイメージを重ねている歌の表現を見ると、ここの「にほふ」が、たとえ香りを含ませたとしても、表現の中心は、より視覚的な印象に置かれていると言えよう。言い換えれば、もし「にほふ」に嗅覚の意味と視覚の意味があるとし、それを強いて区分する従来の考え方に基づくならば、この歌の「にほふ」は、むしろ典型的に視覚的な「にほふ」であると言える、ということである。「咲いている花の美しさ」を視覚的に捉え、眼前に髣髴する新都のイメージを重ねていて、鈴木日出男氏の指摘通り、「観念的な映像[9)]」に溢れているからである。

「薫」の用字がなされているもう一つの用例、「…丘辺の道に 丹つつじの薫はむ時の…」(六・九七一・高橋連虫麻呂)の場合も、「丹つつじ」という語から、表現の背後に色彩感が窺える。なお、「香」の用字が見える二例、「…つつじ花 香へる君が…」(三・四四三・大伴三中)「…つつじ花 香少女…」(十三・三三〇五・作者未詳)などの場合も、「つつじ」という植物の香の有無を云々する以前に、いずれも青年や少女の容貌に関わる表現であったので、家持の「橘のにほへる香かも」とは明らかに位相を異にしていると捉えるべきである。

---

9) 鈴木日出男「大伴旅人の方法」(『古代和歌史論』東京大学出版会、一九九〇) p.267

従って、『古今集』などの「にほふ」の用例を先取る形で、明らかに嗅覚的な意味で用いられている①を見ると、そのような評価はある意味で当然のことであろう。しかし、だからといって、家持の功績が嗅覚的な「にほふ」の用例からのみ認められるかと言えば、やはり違うとしなければならない。なぜなら、上の用例を除いた、家持の用例の殆どのものが、まさに宣長のいう「色のにほひ」にふさわしい用例で、「視覚的な「にほふ」」にこそ、家持の本領があると思われるからである。

まず、「天平勝宝二年三月一日の暮に、春の苑の桃李の花を眺矚めて作れる二首」と題される、名高い歌を想起したい。

春の苑紅にほふ桃の花下照る道に出で立つ少女

(十九・四一三九・家持)

紅の色が美しく照り映える春の園。その桃の花の樹の下まで照り映える道に、花を賞でて佇んでいるおとめ。シルクロードにまで淵源する正倉院宝物「鳥毛立女屏風」、別称「樹下美人図」のごときを連想させる歌で、この歌の絵画的な「構図」に関しては既に鉄野昌弘氏の魅力的な指摘があった[10]。

氏は、まず「下照る道に」の一句が「桃花」と「少女」の両者を巧みに媒介していると捉えている。すなわち、「下」によって、両者の位置関係が示されるとともに、「照る」によって、「桃花」が「少女」に向かって赤い光線を反射することがわかり、二つの静物の光の映り合いによって、「春の苑」全体が「紅にほふ」と捉えているのである。そして、景が動きのないまま、ただ光の印象として受け止められているこの歌は、G.バークリーの言う「純粋視覚」による描写が志向されているとし、家持の歌の特徴は、初期万葉や人

---

10) 鉄野昌弘「光と音ー家持秀歌の方法ー」(『国語と国文学』、一九八八・一)p.19-20

麻呂の歌の骨太さと異なり、極めて細かく分節された「絞り込まれる感覚」としての視覚を意味していると説いている。単なる視覚的な意味を越え、感覚全体を代表するものとしての古代和歌における「見る[11]」から、家持の「視覚」が隔絶していることを、実に明快に説いている、極めて示唆的な論であると言えよう。

以上のように、家持における「視覚」が、古代においては異端の印象が強いという、鉄野氏の論を踏まえた上で、改めて上の用例を見ると、一首の絵画的構図を一層華やかにイメージ化し、美しい少女を幻視させているのは、「紅にほふ」という表現であろう。「にほふ」が赤系統の色彩と緊密な関わりを持っていることを浮彫りにしている句で、類似したものに次のような歌がある。

黒牛の海紅にほふももしきの大宮人し漁すらしも
(七・一二一八・藤原卿)
時雨の雨間無くな降りそ紅ににほへる山の散らまく惜しも
(八・一五九四・作者未詳)

しかし、この表現を最も愛用したのは、やはり家持で、「…山の木末は紅に にほひ散れども…」(十八・四一一一・家持)「紅の衣にほはし辟田川絶ゆることなくわれ顧みむ」(十九・四一五七・家持)などの表現が見られるが、中には次のようなものがある。

① 雄神川紅にほふ少女らし葦附[水松の類]採ると瀬に立たすらし
(十七・四〇二一・家持)

---

11) 古代における視覚的な捉え方の重要性は、既に言い尽くされた感もあるほど、様々に指摘されているところであるが、特に土橋寛「国見の意義」(『古代歌謡と儀礼の研究』岩波書店、一九六五)中西進「古代的知覚ー「見る」をめぐってー」(『万葉集原論』桜楓社、一九七六)などに詳しい。

② 石竹花が花見るごとに少女らが笑まひのにほひ思ほゆるかも

(十八・四一一四・家持)

③ 桃の花　紅色に　にほひたる　面輪のうちに　青柳の　細き眉根を　咲みまがり　朝影見つつ　少女らが　手に取り持てる　真鏡　二上山に　木の暗の　繁き谿辺を　呼び響め　朝飛び渡り　夕月夜　かそけき野辺に　遥遥に　鳴く霍公鳥　立ち潜くと　羽触に散らす　藤波の　花なつかしみ　引き攀ぢて　袖に扱入れつ　染まば染むとも

(十九・四一九二・家持)

①は、少女たちの赤い裳が水にひたって一層映発していることを視覚的に捉えている例で、②は、なでしこの花を見るたびに少女らの笑顔の美しさが思われる、と詠んだものである。特に②と③は、女性の美しさを漠然と表現したのではなく、特にその笑顔に焦点を絞った形で捉えている。「紫草のにほへる妹を憎くあらば人妻ゆゑにわれ恋ひめやも」(一・二一・大海人皇子)という、初期万葉の用例に比べると遥かに具体的な女性の美しさで、ある意味で家持による表現的達成と言えよう。

このように、家持の「にほふ」の用例には視覚的な映像が鮮明な用例が多い[12]。視覚や嗅覚を越えた全感覚的な言葉として出発した「にほふ」が、家持の用例においては、より視覚的なものになっているのである。例えば、「…花のみし　にほひてあれば　見るごとに　ましで思はゆ…」(八・一六二

12) この点に関しては、伊原昭「「にほふ」と『うつろふ」とー大伴家持におけるー」(『国語と国文学』、一九六九・十二、p.15)にも「家持における「にほふ」は、「興」ともいうべき意欲的なそして高揚した心情を持ちながら、現実の物象を視覚的に把握し、それを写実的に詠じようとする、そうした場を基調とする作に多く見えているのである。」と指摘されている。この他にも伊原氏は「にほふー大伴家持におけるー」(『古代文学』八号、一九六八・十二、p.19)においても、家持における「視覚的な把握」に触れている。家持の「にほふ」が著しく視覚的な様相を見せている点に関しては本稿の主旨と重なるが、伊原氏の論の場合、大伴家持における「にほふ」と「うつろふ」との対比に論の主眼を置き、家持以外の「にほふ」に関しては殆んど触れていなかった。

九・家持)「…卯の花の にほへる山を 外のみも 振り放け見つつ…」(十七・三九七八・家持)など、視覚が研ぎ澄まされた感覚として機能し、歌の表現に表れている例は枚挙にいとまがないほどである。端的な例として『万葉集』に約六例見られる「咲きにほふ」という表現が挙げられよう。

① 見渡せば春日の野辺に霞立ち咲きにほへるは桜花かも
(十・一八七二・作者未詳)
② …秋づけば　萩咲きにほふ　石瀬野に　馬だき行きて　遠近に…
(十九・四一五四・家持)
③ …あしひきの　山の木末も　春されば　花咲きにほひ　秋づけば…
(十九・四一六〇・家持)
④ 霍公鳥　来鳴く五月に　咲きにほふ　花橘の　香ぐはしき　親の御言…
(十九・四一六九・家持)
⑤ …春の初は　八千種に　花咲きにほひ　山見れば　見のともしく　川見れば…
(二十・四三六〇・家持)
⑥ 池水に影さへ見えて咲きにほふ馬酔木の花を袖に扱入れな
(二十・四五一二・家持)

このように、「咲きにほふ」の用例は、家持の長歌に多く見られ、作者未詳の一例を除けば、殆んどが家持の用例である。中には④のように嗅覚的な意味をも含めているかも知れない用例もあるが、殆んどの場合、「咲く花」を視覚的な映像として捉えたものと言えよう。「咲きにほふ」の他にも、家持独特の用法の「花にほひ」などの語も見える。

秋野には今こそ行かめもののふの男女の花にほひ見に
(二十・四三一七・家持)
見渡せば向つ峰の上の花にほひ照りて立てるは愛しき誰が妻
(二十・四三九七・家持)

「花にほひ」を通して、ある対象を視覚的に捉えている用例であるが、このように、家持の用例には徹底的に視覚的な「にほふ」が殆んどで、比較的古い時代の、視覚や嗅覚を越える全感覚としての「にほふ」の用例とは明らかに一線を画していると言わざるを得ない。

従って、家持によって「にほふ」の意味に変化が起きたとすれば、それは単に「にほふ」の美意識を嗅覚の方面にまで拡大したと考えるより、様々な意味合いを持つ、漠然とした「にほふ」から、より徹底的に視覚的な「にほふ」を多用することによって、かえって視覚と嗅覚の分化の契機を提供したと考えるべきであろう。

実際、『古今集』などの「にほふ」の用例の中で、いわゆる視覚的な用法の「にほふ」と言われているものは、殆んどが家持の用例の影響が窺えるものに限定されている。

① 春立てど花もにほはぬ山里は物憂かる音に鶯ぞ鳴く[13)]
(春上・一五・在原棟梁)

② 今もかも咲きにほふらむ橘の小島のさきの山吹の花
(春下・一二一・よみ人知らず)

③ 春雨ににほへる色もあかなくに香さへなつかし山吹の花
(春下・一二二・よみ人知らず)

④ 秋の菊にほふかぎりはかざしてむ花よりさきと知らぬわが身を
(秋下・二七六・貫之)

⑤ 色かはる秋の菊をば一年にふたたびにほふ花とこそ見れ
(秋下・二七八・よみ人知らず)

⑥ ことならば君とまるべく匂はなむ帰すは花の憂きにやはあらぬ
(離別・三九五・幽仙法師)

⑦ ふりはへていざ故里の花見むと来しをにほひぞ移ろひにける
(物名・四四一・よみ人知らず)

13) 『古今集』の歌番号と引用は、日本古典文学全集『古今和歌集』(小学館)による。

⑧ 山高みつねに嵐の吹く里はにほひもあへず花ぞ散りける

(物名・四四六・紀利貞)

以上の『古今集』の歌は、嗅覚的な要素が全くないとも言えないが14)、基本的に視覚的なものとして捉えられるものである。②の「今もかも咲きにほふらむ…山吹の花」などを含めて、『万葉集』の用例、特に家持の用例と類似した表現をなしている。

但し、『万葉集』との相違も見られる。何が「にほふ」か、すなわち「にほふ」の主体の問題がそれである。『万葉集』には、「草枕旅行く君と知らませば岸の埴生ににほはさましを」(一・六九・清江娘子)「玉津島磯の浦廻の真砂にもにほひて行かな妹が触れけむ」(九・一七九九・人麻呂歌集)「筑紫なるにほふ児ゆゑに陸奥の可刀利少女の結ひし紐解く」(十四・三四二七・作者未詳)などのように、花以外の多岐にわたり、その幅が広い反面、『古今集』においては、いずれも花に限定されている。

なお、『万葉集』には、「奈良山をにほはす黄葉手折り来て今夜かざしつ散らば散るとも」(八・一五八八・三手代人名)「時雨の雨間無くな降りそ紅ににほへる山の散らまく惜しも」(八・一五九四・作者未詳)「…秋行けば紅にほふ 神南備の…」(十三・三二二七・作者未詳)など、紅葉が「にほふ」

14) 例えば④と⑤に見られる「菊」の場合はやや問題であろう。④は「世の中のはかなきことを思ひける折に、菊の花を見てよめる」と題される貫之の歌で、菊の寿命の長さと人の寿命の短さとを対比させ、花が美しく咲いている限りは挿頭にさして気分を紛らすこととしよう、としたものである。ちなみに、『古今集』における「かざす」「かざし」は全五例であるが、その中の四例が「老い」との関わりの中で詠まれているもので、「鶯の笠にぬふといふ梅の花折りてかざさむ老いかくるやと」(春上・三六・源常)などのように、老いを隠し、若返るために挿頭にするとされている。従って表現の背後に嗅覚的な意味内容が随伴的に意識されているかも知れないが、基本的には「老い」を隠すものとして花の、今を盛に咲き誇る視覚的な美質の方に、関心が注がれていると言えよう。同じく菊の「にほふ」を詠んだ⑤の場合も、「色かはる…ふたたびにほふ」とあるので、基本的には視覚的なものである。

といった用例が非常に多く見られるが、『古今集』には一例も見られない。

それと関連して『万葉集』にかなり見られた「染まる」の意の用例も『古今集』には殆んど見られない。『古今集』の視覚的な用法の「にほふ」は、古い時代の全感覚的な表現と袂を分かつのみならず、家持などの万葉後期の「にほふ」の用法の、その一部だけを継承・発展した形に限定されたことが確認される。

## V. 終りに

従って、「にほふ」は、「色彩」を表す視覚的な表現から嗅覚の意味へと転じて用いられた言葉ではない。家持によって確実に嗅覚的な「にほふ」の用例が詠まれたのみならず、確実に視覚的な「にほふ」と呼べるものも、やっと見られるようになったからである。

以上から、家持以前の万葉の世界においては、感覚そのものが、細分化されないまま機能していたことがわかる。これは一般的に言われているように、単に、古代においては嗅覚的な表現が貧弱であった[15)]、ということだけを意味するものではない。同じく視覚的な用法といっても、あらゆる感覚を統括する視覚と、諸感覚からすくい上げられた形で機能する後世の視覚とは、明らかに位相を異にしているからである。

従って、上代においては、嗅覚のみならず、視覚も後世のそれとは異質的なものであると言わざるを得ないのである。だからこそ、家持によって切り開かれた新しい「感覚」の世界に注目する必要もあると言えよう。家持の「にほふ」の意義を、『万葉集』における「にほふ」の意味変遷と関連づけて考察してみた意義は、まさにそこにあったと言えよう。ちなみに、大伴家持に

---

15) 佐竹昭広『萬葉集抜書』(岩波現代文庫、二〇〇〇)p.139

よる、このような表現的達成は、漢詩文の影響を抜きにしては考えられない一面を持っているが、それは今後の課題にしたいと思う。

# 第2章
『古今集』の感覚

## I. 非在の梅

本稿のテーマは「『古今集』の感覚」ということであるが、「感覚」には実に様々な種類があり、その分類といっても、かなりまちまちで、必ずしも一定していない。例えば、視覚・聴覚・嗅覚・味覚・触覚などの伝統的な五感のほかに、哲学や近代生理学の成果にもとづいて新しくつけ加えられた、共通感覚、体性感覚、皮膚感覚、運動感覚、表層感覚、深部感覚など、その分類や名称は枚挙にいとまがないほどである[1]。当然、あらゆる感覚はここで扱うにはあまりにも大きな問題であると言わざるを得ない。従って、本稿では、『古今集』の場合、特に問題になる嗅覚を切り口として、『古今集』の感覚の問題について考えてみたいと思う。というのは、実際、『古今集』において嗅覚表現は際だつ感覚の一つとして挙げられるし、なお、嗅覚表現を基本にすえることによって、『古今集』の感覚表現の特質が自ずと明らかになると思われるからである。

国風暗黒時代をくぐり抜けて成立した『古今集』は、『万葉集』を継承しながらも、様々な面で相違を見せているが、上野理氏も指摘するように、『古今集』になってはじめて注目され、登場するものの一つに「花の香」がある[2]。端的な一例として『万葉集』には約百十八首の梅の歌が収められているにもかかわらず、その香りを対象にしたものは殆ど見られないが[3]、『古今

---

1) 中村雄二郎『共通感覚論』(岩波現代文庫、二〇〇〇)p.92-93
2) 上野理「花と香と歌」(『後拾遺集前後』笠間書院、一九七六)p.37

集』の梅の用例は、詞書に「梅の花」とある五例を含めて全二九例であり、その中で香りを対象にしたのが十七例を数える。用例の多寡を論ずるつもりはないが、『古今集』になって嗅覚表現が飛躍的に増加したのは否めない事実であろう。しかし、『古今集』の嗅覚表現が『万葉集』のそれの量的な拡大に過ぎないかと言えば、それもやはり違うであろう。というのは、後述するように、内容的にも明らかに『万葉集』と位相を異にしているからである。それに触れる前、次のような一首について、まず考えてみたい[4]。

折りつれば袖こそにほへ梅花有りとやここにうぐひすのなく
(春上・三二・よみ人知らず)

一読して分かるように、花を折ったのだから、袖が匂っているのに、梅の花がここにあるのかと思ってか、鶯が鳴きに来ているよ、ぐらいの意であろう。すなわち、実際のところ、現在の視野の中に当の「梅」の姿そのものは見えないのに、鶯は「ある」と思い込んで鳴いているのである。いわゆる「非在の梅」で、勿論、このような表現的達成は梅の馥郁たる香りによって、はじめて可能であった。

既に触れたように、『古今集』には梅の香を取りあげた用例がかなり見出せる。ここでは紙幅の制約ゆえ、『古今集』の梅の香の全ての用例を具体的に挙例することは割愛せざるを得ないが、上の歌と関連して特に注目すべき点は、まず、「梅の香」の用例が非常にまとまった形で配されていること、なお、上の歌はその歌群の先頭に置かれている、ということである。す

---

3) 約百十八首の、膨大な用例を誇る『万葉集』の梅の歌の中で、諸家が一致して、梅の香を詠んだ作として認めているのは、「梅の花香をかぐはしみ遠けども心もしのに君をしそ思ふ(二十・四五〇〇・市原王)」のみである。

4) 『古今集』『後撰集』『拾遺集』などの歌番号と引用は『新編国歌大観』による。『万葉集』の歌番号と引用は、中西進『万葉集全訳注原文付』(講談社文庫)によるが、但し、一部の表記は場合によって、原文に従い改めた。

なわち、上の三二番歌から四八番歌までの一連の十七首は、いずれも梅の花を詠んだ用例であり、その中の十三首までが梅の香の用例であるが、そのような本格的な梅の歌群は、その内部においても作者別・主題別に整然と配列されて、梅の香を詠んだ一連の四首から始まり梅の香を詠んだ一連の三首で締めくくられているのである5)。

ところで、本格的な梅の歌群が「非在の梅」から詠み出されていることから、何が言えるのか。というのは、桜の歌群の場合のように、まとまった歌群の先頭に置かれた歌の意義が、まさにその歌群の本質的な性格と緊密に関わっていると思われるからである。周知のように、『古今集』において桜の歌群の最初に配されている用例は、詞書に「人の家にうゑたりけるさくらの花さきはじめたりけるを見てよめる」としながらも、歌の中には「ことしより春しりそむるさくら花ちるといふ事はならはざらなむ(春上・四九・貫之)」として、早くも「散る」という言葉を取り込んでいる6)。まとまった歌群の最初の歌が、その歌群の本質とも関わっているとするならば、十七首に及ぶ「梅の花」の最初に置かれている「非在の梅」の問題も当然問われるべきであろう。

改めて、上の用例の歌の表現を見ると、「非在の梅」という表現を可能にしたのは、まずは、馥郁たる「梅の香」の存在に他ならないが、姿の見えな

---

5) 三二番からの三五番までの四首はいずれもよみ人知らずの歌で「咲く梅の香」、三七番から四二番までの六首は、素性、友則、貫之(二首)、躬恒(二首)などの作者による「咲く梅の香」、四六番から四八番までの三首は、よみ人知らず(二首)、素性法師の「散る梅の香」を詠んでいる。「咲く梅」の香を詠んだ例と、「散る梅」の香を哀惜する歌とを区別、それぞれの作者たちの配列にも考慮した姿勢が見受けられる。

6) 片桐洋一「古今和歌集の心」(『古今和歌集の研究』明治書院、一九九一、p.7)は、貫之の四九番歌について、「『古今集』において最初に置かれている「桜」であるが、既にここにおいて「散る」という語が詠み込まれ、「散る」ということを桜の習性として「それに習熟しないでほしい」と言っていることでもわかるように、『古今集』の春部の景物として最も数多く詠まれている「桜」は、まさに「散る物」「惜しまれる物」として詠まれることが一般的だったのである。」と述べている。

い「梅の香」の存在を歌の中で証明してくれたのが、「鶯」である。<景物の組合せ>に注目する鈴木宏子氏7)は、『古今集』のみならず、『万葉集』にもしばしば見られる<梅と鶯の組合せ>の用例から、<梅と鶯の組合せ>は、「梅の枝にとまって鳴く鶯」という、絵画的構図を要に持っていると指摘している。すると、上の歌は、<梅と鶯の組合せ>という美的構図に即している点では、伝統的な美意識の枠から逸脱してはいないものの、鈴木宏子氏の指摘している「梅の枝にとまって鳴く鶯」という絵画的構図とは趣を異にしていることが分かる。すなわち、<梅と鶯の組合せ>に香を介在させることによって、言葉の上でのみ<梅と鶯の組合せ>を成り立たせているのである。目の前に顕然しないもの、にもかかわらず、その存在を証明してくれるもの、その一つとして、ものの香があったのである。

もっとも、これは単に嗅覚に止まらず、『古今集』の感覚表現全般における問題であろう。かつて藤原克己氏が説いたように、「古今集歌は、眼前の景物に眼を向けるよりは、むしろ眼を閉じて耳を澄まし、あるいは暗に香を聞き分き、あるいは目に見えぬ世界を思い描く8)」からである。「目に見えない世界」に対する『古今集』の関心は、嗅覚のみならず、多くの聴覚表現からも窺えよう。例えば、近年の三木雅博氏の綿密な論証からも分かるように、上代の和歌の世界では、「雨の音」や「風の音」などを聴覚によってとらえることが稀であったが、平安時代以降の和歌の世界は「視覚」によってはとらえられない、「視覚」を超えたところに存する「目に見えない世界」を

---

7) 鈴木広子「＜梅と鶯の組合せ＞考」(『古今和歌集表現論』笠間書院、二〇〇〇) p.92-95

8) 藤原克己「古今集歌の日本的特質と六朝・唐詩」(『文学』、一九八五・十二) p.158.なお、藤原克己氏の「古今集歌における日本的なるもの」(『日本の美学9』ぺリカン社、一九八六・十一、p.48)は、『古今集』の表現的な特質について、次のように指摘している。

「古今集歌は、視覚的に実体的に対象化し得る景物よりも、音や香のように実体的に把握し得ないもの、水面の虚景のように非有非無のもの、遠くはるかなもの、非在のものを、あるいは虚構的な景象を、詠う。」

開拓していくのである[9]。目を閉じることによって、はじめて見えてくる世界を、『古今集』の歌が目指したとするならば、嗅覚こそ、最も重んじられる感覚の一つと言える。しかも、嗅覚表現の場合、後述するように、『古今集』において著しく窺える「五感の分立」という視点を、より顕著に浮き彫りにしているという点で、固有の問題を孕んでいると言えよう。それに触れる前に、まず、簡単に『万葉集』『古今集』『後撰集』『拾遺集』などにおける嗅覚表現について考えてみたいと思う。『古今集』の歌が「感覚表現」の本質にいかに接近しているかを見るためである。

## II.『万葉集』の嗅覚表現

古来、日本語は、嗅覚を表わす言葉がいたって貧弱な言語であったと言われているが[10]、嗅覚表現、特に「芳香」に関連した古代語が全くないわけではなく、「にほふ」「香」「かぐはし」「かをる」などの語がある。ここでは「香」「にほふ」などの言葉を通して上代の嗅覚表現の問題について、簡単に触れてみたい。

まず、「香」の方であるが、「香」は『万葉集』に僅かながら三例が見られるが、その用例を一瞥すると、次のようである。

芳を詠める

① 高松のこの峯も狭に笠立てて盈ち盛りたる秋の香のよさ

(十・二二三三・作者未詳)

---

9) 三木雅博「風の音の系譜」「聴雨考」「楽の音と歌声をめぐる小考」(『平安詩歌の展開と中国文学』和泉書院、一九九九)p.7

10) 佐竹昭広『萬葉集抜書』(岩波現代文庫、二〇〇〇)p.139

十六年の四月五日に、独り平城の旧き宅に居りて作れる歌六首
② 橘のにほへる香かもほととぎす鳴く夜の雨に移ろひぬらむ
（十七・三九一六・家持）

二月、式部大輔中臣清麿朝臣の宅にて宴せる歌十五首
③ 梅の花香をかぐはしみ遠けども心もしのに君をしそ思ふ
（二十・四五〇〇・市原王）

②は、「橘の香」を正面から扱っている万葉歌として注目される用例である。「橘」は記紀歌謡でも「かぐはし花橘」(記四三紀三五重出)として、芳香と関連があるかのような表現がなされている植物で、『古今集』の名高い歌、「さつきまつ花橘のかをかげば昔の人の袖のかぞする(夏・一三九・よみ人知らず)」を引くまでもなく、花橘と言えば、その馥郁たる香りが何よりも賞美の対象になっている。しかし、『万葉集』には数多い橘の歌が収められているにもかかわらず、確実にその香りを詠んだと断定できる歌はきわめて少ない。②の用例にしても、歌の主眼は「橘のにほへる香」の方より、「ほととぎす」の「鳴き声」の方に置かれている趣である。

③も、数多い『万葉集』の梅の歌の中で、諸家が一致して梅の香を詠んだ作として認めている唯一の例である。この歌に見える「梅の花香をかぐはしみ」という表現そのものが、嗅覚的な表現であることは否めない事実であるが、但し、「遠く」に離れている主人清麻呂に心惹かれる比喩として、「梅の花香をかぐはしみ」と表現した場合、身体に迫る感覚としての嗅覚とは異なる、「言葉」の上での嗅覚表現とも言える、もう一つの嗅覚を想定した方が生産的であろう。というのは、そもそも、対象との距離を前提にする遠隔感覚としての視覚に対し、嗅覚は対象との近接を要請する接触感覚だからである[11]。従って、『古今集』以降に詠まれる梅の香の表現性とも相通じる

11) 山縣熙「第三感覚＝匂いの美学のために」(『思想』、一九九三・二)p.63-65

ような「嗅覚的表現」であると同時に、単なる嗅覚的な表現に止まらぬ、より「精神的な芳香[12]」の存在が認められるのである。

「精神的な芳香」の問題は、①の用例においても顕著に窺えよう。宣長以来「松茸」の歌として享受される用例であるが、歌の表現を全体から眺め直すと、「盈ち盛りたる秋の香のよさ」と表現されているからこそ、「この峯も狭に笠立てて」と描写される茸の姿が、より鮮明な光景を髣髴させながら、目の前に広がっている趣である。言い換えれば、「盈ち盛りたる秋の香のよさ」という、一見嗅覚的な印象は、「この峯も狭に笠立てて」という視覚的印象に奉仕するもので、視覚を全面に出しながら、嗅覚をも感じさせるような表現であると言えよう。すると、②の家持の歌における「香」は別としても、①や③の歌には単に嗅覚的な範疇に止まらぬ、より精神的・全感覚的な「香」の存在が窺える。

一方、『万葉集』にはやや特殊な用例も含めて約七六例の「にほふ」の用例が見られるが、用字の面で顕著なのは、正訓字で表記された用例が八例に過ぎず、殆どが「仁保布」「丹穂日」などの形で、一字一音の仮名表記になっていることである。勿論、一首全体が一字一音になっている用例が、巻十四・十五・十七・十八・二十を中心に約二十例あって、この場合の仮名表記自体に特に意味があるとは言えないが、問題は、一首全体、ひい

12) 「精神的な芳香」の問題に関しては、「カは元来マナ・霊力を意味し、感覚的には生き生きとした色艶や、刺激の強い香をいう」(『古代歌謡全評釈古事記編』角川書店、一九七二、p.198)という土橋寛氏の論をはじめとして、「カ」を嗅覚の対象に限定する理解を不十分として、視覚、嗅覚、聴覚などの五感に捉われず、現代人の感覚では理解しにくいものであったと説く松本剛氏の論「カグハシ考」(『万葉』、一九七八・十二)など、諸家が既に様々な指摘をしているところである。上野理氏「花と香と歌」(『後拾遺集前後』笠間書院、一九七六)も上代の「か(香)」の用例の中で花の香が少なく、におうとは思えぬ榊・朝霧・火・泉など、上代の人の信仰に関するものが摘出される点から、上代における「か」とは、単に嗅覚による知覚や評価の表象ではなく、あるものから発する精気やけわいに近いもので、「か」が「気」や漢語「気」と関連を持った言葉で、その芳香は嗅覚のみならず、全感覚で感じる芳香であったと説く。p.37-40

ては巻全体が正訓字主体表記の場合でも、あえて「にほふ」だけは仮名表記にした例が多いということである。なお、正訓字で表記された僅かな用例の場合、宛てられた漢語は、「薫」(三二八・九七一)「香」(四四三・三三〇五)「艶」「艶色」(一八五九・一八七二)、「染」(二一七九・二一九二)などであるが、「あをによし寧楽の京師は咲く花の薫ふがごとく今盛りなり(青丹吉　寧楽乃京師者　咲花乃　薫如　今盛有)(三・三二八・小野老)」などの形で、全てが正訓字主体表記の歌に用いられた例である。すなわち、正訓字で表記された僅かな用例は、常に一首全体が正訓字主体表記の歌に限定されていて、「にほふ」の漢字表記はきわめて消極的なものである。これらの二点からも窺えるように、「にほふ」は安易に漢語で表記することの困難な語で、早く柴生田稔氏が指摘したように、「本来の国語であり、また端的にその意味を示しにくい種々の色調を持つた語[13]」と思われる。というのも、表記法のみならず、意味に関しても一概には言えない点が多く見られるからである。

『万葉集』における「にほふ」の意味は、宣長が「玉勝間」の中で「にほひとおほくよめるは、みな色のにほひにて、鼻にかゞるゝ香にはあらず[14]」と述べたように、主としていわゆる「視覚的表現」であったことが広く知られている。しかし、『万葉集』には、「真砂にもにほひて行かな妹が触れけむ(九・一七九九・人麻呂歌集)」などの形で、『古今集』などには殆ど見られなくなった用法がかなり見出せる。一例として、「わが待ちし秋萩咲きぬ今だにもにほひに行かな遠方人に(十・二〇一四・人麻呂歌集)」のように、同じ色に染まる意から、男女のふれあいを暗示する例には、いわゆる「視覚的な「にほふ」」という捉え方ではおさまり切れないものがある。既に触れたように、視覚とは、対象との距離を前提とする遠隔感覚であるが、上のような

---

13) 柴生田稔「「かをる」と「にほふ」」(『国語と国文学』、一九五九・三)p.7
14) 本居宣長「玉勝間」十三の巻「梅の花の歌に香をよむ事」(『本居宣長全集第一巻』筑摩書房、一九六八)

用例は、単に対象を「見る」ことに止まらない表現になっているからである。要するに、通説で「にほふ」は、視覚を意味するところから「転じて」嗅覚を意味するようになったとされているが、そのような説明は、かえって「にほふ」の本来の多様な意味合いを矮小化させてしまうであろう。それより、多田一臣氏が指摘するように、もともと「にほふ」は「視覚や嗅覚を含み込む全体的な感覚[15)]」として出発したもので、それが一般的に視覚的な「にほふ」と捉えられているのは、「古代では、視覚があらゆる感覚を統合[16)]」したからであろう。従って、『万葉集』の「にほふ」が、様々な意味合いを持ち、なおかつ多様な感覚を背後にしながら出発した言葉であることを認識した上で、にもかかわらず、多くの場合、視覚的な表現として捉えられていることに、古代語における感覚の問題が孕まれていると言えよう。

ちなみに、このような「にほふ」の多様な意味は万葉後期になると多少変化を表わす。というのは、比較的古い時代における「にほふ」は、嗅覚や視覚を越える全感覚的な用例が多かったが、万葉の最後の歌人大伴家持に至っては、むしろ、徹底的に視覚的な「にほふ」の用例が目立つからである[17)]。勿論、家持の用例の中には、『万葉集』の数多い「にほふ」の用例の中で、確実に嗅覚的な「にほふ」の用例と指摘されている「橘のにほへる香かもほととぎす鳴く夜の雨に移ろひぬらむ(十七・三九一六・家持)」があり、

---

15) 多田一臣『額田王論ー万葉集論ー』(若草書房、二〇〇一)p.87
16) 注(15)に同じ。p.87
17) この点に関しては、伊原昭氏の「「にほふ」と「うつろふ」とー大伴家持におけるー」(『国語と国文学』、一九六九・十二、p.15)にも「家持における「にほふ」は、「興」ともいうべき意欲的なそして高揚した心情を持ちながら、現実の物象を視覚的に把握し、それを写実的に詠じようとする、そうした場を基調とする作に多く見えているのである。」と指摘されている。なお、伊原氏は、「にほふー大伴家持におけるー」(『古代文学』八号、一九六八・十二,p.19)においても、家持における「視覚的な把握」に触れている。家持の「にほふ」が著しく視覚的な様相を見せている点に関しては本稿の主旨と重なるが、伊原氏の論の場合は、家持以外の「にほふ」に関しては、殆ど触れていなかった。

「従来色彩的に用いられてきた「にほふ」を嗅覚的美意識にまで拡大したのは主として家持の功績である[18]」と評価されているが、その他の殆どの用例は、「石竹花が花見るごとに少女らが笑まひのにほひ思ほゆるかも(十八・四一一四・家持)」「春の苑紅にほふ桃の花下照る道に出で立つ少女(十九・四一三九・家持)」「池水に影さへ見えて咲きにほふ馬酔木の花を袖に扱入れな(二十・四五一二・家持)」のように、「にほふ」はより純化した形で視覚的な表現として自立している。従って、それぞれの感覚を個別的に捉える敏感な覚醒[19]こそが家持の本領で、だからこそ、家持によって「にほふ」の意味に変化が起きたとすれば、それは「にほふ」の美意識を嗅覚の方面にまで拡大したと表現されるより、より徹底的に視覚的な「にほふ」を多用することによって、視覚と嗅覚の分化の契機を提供したと考えるべきであろう。

以上のように、上代においては、感覚そのものが、細分化されないまま、機能していたと思われる。これは一般的に言われているように、単に、古代においては嗅覚的な表現が貧弱であった、ということだけを意味するものではない。同じく視覚的な用法と言っても、あらゆる感覚を統括する視覚と、諸感覚からすくい上げられた形で機能する後世の視覚とは、位相を異

---

18) 橋本達雄『大伴家持作品論攷』(塙書房、一九八五)

19) 鉄野昌弘氏の「光と音ー家持秀歌の方法ー」(『国語と国文学』、一九八八・一、p.19-20)は、家持における「視覚」が、古代においては異端の印象が強いとし、「天平勝宝二年三月一日の暮に、春の苑の桃李の花を眺矚めて作れる二首」と題される「春の苑紅にほふ桃の花下照る道に出で立つ少女(十九・四一三九・家持)」を対象に、その絵画的「構図」を分析している。そして、景が動きのないままに、ただ光の印象として受け止められているこの歌は、G．バークリーの言う「純粋視覚」(『視覚新論』勁草書房、一九九〇)による描写が志向されているとし、家持の歌の特徴は、初期万葉や人麻呂の歌の骨太さと異なり、極めて細かく分節された「絞り込まれた感覚」としての視覚を意味していると説いている。単なる視覚的意味を越え、感覚全体を代表するものとしての古代和歌における「見る」から、家持の「視覚」が隔絶していることを、実に明解に説いている示唆的な論である。

にしているからである。従って、上代においては、嗅覚のみならず、視覚も後世のそれとは異質的なものであったと言わざるを得ないのである。

## Ⅲ.『古今集』の嗅覚表現

『万葉集』において、全感覚的な表現として出発した「にほふ」も、『古今集』に至っては、嗅覚に限定して理解される用例が多くなる。『古今集』の「にほふ」の用例は十九首を数えるが、まず目立つのは次のような表現である。

人はいさ心もしらずふるさとは花ぞ昔のかににほひける
(春上・四二・貫之)
やどりせし人のかたみかふぢばかまわすられがたきかににほひつつ
(秋上・二四○・貫之)
ぬししらぬかこそにほへれ秋ののにたがぬぎかけしふぢばかまぞも
(秋上・二四一・素性)
花の色は雪にまじりて見えずともかをだににほへ人のしるべく
(冬・三三五・小野篁)
あなうめにつねなるべくも見えぬかなこひしかるべきかはにほひつつ
(物名・四二六・よみ人知らず)
色もかも昔の濃さににほへどもうゑけむ人の影ぞこひしき
(哀傷・八五一・貫之)

以上のように、「香」という言葉を伴う嗅覚的な「にほふ」が多く見られるが、その他に、「香」とは別に、「にほふ」だけで、明らかに嗅覚的な意味を表わすものもかなり見られるようになった。

折りつれば袖こそにほへ梅花有りとやここにうぐひすのなく
(春上・三二・よみ人知らず)
ちると見てあるべきものを梅花うたてにほひのそでにとまれる
(春上・四七・素性法師)
なに人かきてぬぎかけしふぢばかまくる秋ごとにのべをにほはす
(秋上・二三九・敏行朝臣)
蟬のはのよるの衣はうすけれどうつりがこくもにほひぬるかな
(雑上・八七六・友則)

一読して分かるように、殆どが衣服にまつわるもので、平安初期以来発達した薫物の流行の影響が著しく窺える。しかし、恐らく最も『古今集』的な「にほふ」の用例は、次のようなものであろう。

くらふ山にてよめる
梅花にほふ春べはくらぶ山やみにこゆれどしるくぞ有りける
(春上・三九・貫之)

貫之の歌は、詞書に「くらふ山にてよめる」とあり、歌の表現の中の「やみにこゆれどしるくぞ有りける」と照応している。「くらふ山」から「暗い」を連想し、闇の中を漂う梅の香りを、機知を働かせて詠んでいるもので、視覚が閉ざされた「くらふ山」で、嗅覚は、一層研ぎ澄まされた感覚として機能している。このような歌は「感覚」の本来の在り方を踏まえた用例として見るべきである。そもそも、感覚は、一瞬一瞬、諸感覚のせめぎ合いによって成り立ち、「感覚」をそれとして認知するということは、視覚的な風景を主とする世界を、聴覚や嗅覚などの他の感覚が浸食することを意味する[20)]。諸感覚の中で、特に際だつものとして感知されたもの、それがいわゆる五感

20) この点に関しては、和田忠彦「境界の侵犯から一まなざしの手ざわり(続)一」(『国文学』、二〇〇〇・七)に示唆される所が多かった。p.128

の一つとしてすくい上げられた「感覚」で、上の場合、嗅覚が特殊な形で機能している。従って、このような、視覚を切り捨てた「暗香浮動」の趣向こそ、『古今集』の感覚の「五感の分立」の様相をかいま見せる重要な手がかりの一つと言える。

しかし、その一方で、『万葉集』以来の「にほふ」の用例が全く見られなくなったわけではなく、次のような用例は『万葉集』の用例、特に家持の用例と類似した表現をなしている。

① 今もかもさきにほふらむ橘のこじまのさきの山吹の花
(春下・一二一・よみ人知らず)
② 春雨ににほへる色もあかなくにかさへなつかし山吹の花
(春下・一二二・よみ人知らず)

まず、①の用例に見られる「咲きにほふ」は、明らかに視覚的な表現で、『万葉集』の用法を継承したものと思われる。『万葉集』にも、「見渡せば春日の野辺に霞立ち咲きにほへるは桜花かも(十・一八七二・作者未詳)」「池水に影さへ見えて咲きにほふ馬酔木の花を袖に扱入れな(二十・四五一二・家持)」の二例を含め、約六例の「咲きにほふ」の用例が見られる。特に、家持との関連性が顕著で、一例を除いて、全て家持の長歌に見えるもので、「秋づけば 萩咲きにほふ(十九・四一五四・家持)」「春されば 花咲きにほひ(十九・四一六〇・家持)」「霍公鳥 来鳴く五月に 咲きにほふ(十九・四一六九・家持)」「花咲きにほひ　山見れば(二十・四三六〇・家持)」などのように、いずれも萩や桜、花などの美しさを、視覚的に捉えたものである。

但し、『万葉集』との相違も見られる。何が「にほふ」か、すなわち「にほふ」の主体の問題がそれである。『万葉集』には、「岸の埴生ににほはさましを(一・六九、清江娘子)」「朝日影ににほへる山に照る月の(四・四九五・作者未詳)」「岸の黄土ににほひて行かな(六・九三二・車持朝臣千年)」「真砂にもにほひて行かな(九・一七九九・人麻呂歌集)」「筑紫なるにほふ児ゆゑに(十四・三四二七・作者未詳)」「紅の 赤裳の裾の 春雨に にほひひづちて(十七・三九六九・家持)」「少女らが笑まひのにほひ(十八・四一一四・家持)」などのように、花以外の多岐にわたり、その幅が広い反面、『古今集』においては、いずれも花に限定されている。

なお、『万葉集』には、「奈良山をにほはす黄葉(八・一五八八・三手代人名)」「紅ににほへる山の(八・一五九四・作者未詳)」「黄葉のにほひは繁し(十・二一八八・作者未詳)」「にほひぬべくももみつ山かも(十・二一九二・作者未詳)」「秋行けば　紅にほふ(十三・三二二七・作者未詳)」「秋の葉の にほへる時に(十七・三九八五・家持)」など、紅葉が「にほふ」といった用例が非常に多く見られるが、『古今集』には一例も見られない。それと関連して、『万葉集』にかなり見られた「染まる」の意の用例も、『古今集』にはあまり見られない。『古今集』の視覚的な用法の「にほふ」は、古い時代の全感覚的な表現と袂を分かつのみならず、家持などの万葉後期の「にほふ」の用法の、その一部だけを継承・発展した形に限定され、「にほふ」の意味が単純かつ明解になったことが確認される。

特に、注目したいのは、②のよみ人知らずの歌における「にほへる色」という表現である。『万葉集』には膨大な「にほふ」の用例があり、「紅にほふ」などの用例を挙げるまでもなく、色との関わりには顕著なものがあったが、にもかかわらず、「にほへる色」のような例は、殆ど見られないのである。『万葉集』の「色」の用例は三七首で、色彩の意の例が十七首、「色に出づ」という顔色の例が二十首であるが、しかし、「にほふ」と直接関わっている例は殆ど見られない。『万葉集』において「にほへる」の次のところに出ているのは、「妹」(二一・二七八六)「君」(四四三)、「山」(四九五・一五九四・三九七八)、「衣」(二三〇四)、「香」(三九一六)、「園」(三九一八)、「屋戸」(三九五七)、「時」(三九八五)、「花」(四一八五)などで、用例の中にはその背後に様々な色合いを含めたものや、実際に具体的な色名と共に出ている場合も少なからず収められているが、意外と「色」という言葉そのものと直接に関わっているのは、殆ど見あたらないのである。

しかも、『古今集』の歌に見られる「にほへる色」は、以下の「香さへなつかし」と照応されている点で、示唆的である。というのは、「香」に対する認識の覚醒が「色」に対する認識の覚醒を導き、逆に「色」に対する覚醒が「香」に対する認識の覚醒を導いたのではないかと思われるからである。それは、通説のように「色」の意味から転じて「香」の意味へと、「にほふ」の意味が変遷したのではなく、様々な色合いをも含めた全体的な感覚としての「にほふ」から、「色」もしくは「香」などに分化できる「にほふ」へと、意味が変遷したことを裏付けている。

というのも、後述するように、『古今集』の嗅覚表現には「色」と「香」が、一対になっている表現が多いからである。例えば、次のような用例にはとりわけ注目すべきであろう。

① 色よりもかこそあはれとおもほゆれたが袖ふれしやどの梅ぞも
(春上・三三・よみ人知らず)
② よそにのみあはれとぞ見し梅花あかぬいろかは折りてなりけり
(春上・三七・素性)
③ 君ならで誰にか見せむ梅花色をもかをもしる人ぞしる
(春上・三八・友則)
④ 月夜にはそれとも見えず梅花かをたづねてぞしるべかりける
(春上・四〇・躬恒)
⑤ 春の夜のやみはあやなし梅花色こそ見えねかやはかくるる
(春上・四一・躬恒)
⑥いろもかもおなじむかしにさくらめど年ふる人ぞあらたまりける
(春上・五七・友則)

⑦花の色はかすみにこめて見せずともかをだにぬすめ春の山かぜ
(春下・九一・遍照)
⑧春雨ににほへる色もあかなくにかさへなつかし山吹の花
(春下・一二二・よみ人知らず)
⑨女郎花ふきすぎてくる秋風はめには見えねどかこそしるけれ
(秋上・二三四・躬恒)
⑩花の色は雪にまじりて見えずともかをだににほへ人のしるべく
(冬・三三五・小野篁)
⑪色もかも昔のこさににほへどもうゑけむ人の影ぞこひしき
(哀傷・八五一・貫之)

いずれも、「色」と「香」、あるいは「視覚」と「嗅覚」が対比・並列している場合である。②の素性法師の歌に見られる「いろか」は『万葉集』には見られない表現で、『古今集』でも当該歌のみであるが、「色」と「香」を並列している点、象徴的な言葉である。類似した発想の例として、③⑥⑪など、色と香の双方から賞美する例が挙げられよう。しかし、『古今集』に顕著なのは、色と香に重点が均等に置かれた例より、「色」と「香」とを対照させながら、⑤の「色こそ見えねかやはかくるる」のように、「香」の方に重点が置かれた場合で、①④⑤⑦⑧⑨⑩などの用例がそれである。「目には見えねど」などの語によって、視覚が遮られたことを言い、それに次いで、「香こそしるけれ」と嗅覚を持ち出す。「は…こそ」のような形で、「香」を相対化している、『古今集』ならではの特徴と言えよう。

以上のようなことから、『古今集』の時代になって、新しく文学の対象になった「香」に対し、歌人たちが非常に敏感に反応したことが分かる。このような現象が、いわゆる『古今集』の表現的特質とどのように関わっているか、という点に関しては、後述することにし、まずは、『後撰集』や『拾遺集』などに見える「にほふ」「香」などの用例を検討し、それによって喚起される問題点について簡単に触れてみることにする。

## Ⅳ.『後撰集』『拾遺集』の嗅覚表現

『古今集』の場合、「にほふ」の全十九首の中で嗅覚的な意味の「にほふ」の用例が十一首を数え、まさに半分以上であったのに対して、『後撰集』や『拾遺集』では、逆に嗅覚の意味の「にほふ」の割合が減っていく。『後撰集』には十九首に「にほふ」が用いられているが、「さくらばなにほふともなく春くればなどか歎のしげりのみする(春中・五五・よみ人知らず)」のような用例が多く、殆どがいわゆる視覚的な「にほふ」である。解釈によって多少の揺れはあるが、一読して明らかに嗅覚的な「にほふ」と捉えられるのは、次のような四首であろう。

① むめの花をればこぼれぬわが袖ににほひかうつせ家づとにせん
(春上・二八・素性法師)
② 春雨にいかにぞ梅やにほふらんわが見る枝は色もかはらず
(春上・三九・紀長谷雄朝臣)
③ 紅に色をばかへて梅花かぞことごとににほはざりける
(春上・四四・躬恒)
④ 匂こき花のかもてぞしられけるうゑて見るらんひとの心は
(春中・六九・よみ人知らず)

①の場合は、梅の花を折ることで、袖に香りが移るという発想であるが、『古今集』の、「折りつれば袖こそにほへ梅花有りとやここにうぐひすのなく(春上・三二・よみ人知らず)」の投影が著しく窺える。②に用いられた「にほふ」も嗅覚的な意味と捉えられる。歌の全体的な意味から見て、「いかにぞ梅はにほふらん」と「色もかはらず」が対応し、特に「色も」の表現から、「色」に対峙する概念として「香」の方が、既に意識されているからである。「紅梅の花を見て」と題される、③の躬恒の名高い歌は、紅梅と白梅における色と香の問題を持ち出している。主として、その馥郁たる香りが賞

美の対象になっていた白梅に対して、紅梅は「色」の方も賞美の対象になって、「色」と「香」が共に問題になっているのである。④のよみ人知らずの用例においても、「匂こき花のかもてぞしられける」として、「匂こき」が「花の香」と直接的に関わっているので、嗅覚的な意味と見て差し支えない。

以上のように、『古今集』とは対照的に、『後撰集』の「にほふ」の中には、嗅覚的な意味に用いられた例があまり見られないが、しかも、『後撰集』における嗅覚的な用法の「にほふ」は、「よみ人知らず」の一首を除いては、素性・紀長雄・躬恒など、『古今集』の時代と関連深い歌人たちの作で、なおかつ、用例の中には、『古今集』の歌の投影が著しく窺えるものが多い。

このような傾向は「香」の用例においても同様である。『古今集』では二五首二六例も見られた「香」の用例が『後撰集』には十一例見られるのみであるが、「よみ人知らず」のものが多く、作者名が記された場合、躬恒・素性・興風・敏行など、『古今集』と関わりのある歌人が目立つのである。なお、「色」と「香」の並列が顕著だった『古今集』とは対照的に、「梅花かをふきかくる春風に心をそめば人やとがめむ(春上・三一・よみ人知らず)」などの形で、視覚と嗅覚の対比は殆ど見られない。目立つ例は、既に触れた「紅に色をばかへて梅花かぞことごとににほはざりける(春上・四四・躬恒)」のみであるが、『後撰集』に収められたとはいえ、作者は躬恒である。『後撰集』の時代の歌人には、もはや、ものの香が、新しい文学世界を切り開く題材として注目されなくなったのである。このような現象は、次の勅撰集である『拾遺集』にも顕著に窺える。

『拾遺集』では、十四首の「にほふ」の用例が見られるが、嗅覚的な「にほふ」より、「桜花にほふものから露けきはこのめも物を思ふなるべし(哀傷・一二七七・大中臣能宣)」のように、いわゆる視覚的な「にほふ」の方が非常に目立つ。解釈によって多少の揺れはあるが、明らかに嗅覚の意味として捉えられるのは、次のような三首である。

① 匂をば風にそふとも梅の花色さへあやなあだにちらすな

(春・三一・大中臣能宣)

② あかざりし君がにほひのこひしさに梅の花をぞけさは折りつる

(雑春・一〇〇五・中務卿具平親王)

③ こちふかばにほひおこせよ梅の花あるじなしとて春をわするな

(雑春・一〇〇六・贈太政大臣)

①の用例の「匂をば風にそふとも梅の花」というあたりは、『古今集』の「花のかを風のたよりにたぐへてぞ鶯さそふしるべにはやる(春上・一三・友則)」を思わせる詠みぶりである。②の用例は、「あかざりし君がにほひ」とあり、梅の花の香と衣服の薫香とを関連させた、非常に人事的な歌である。③の道真の歌は、「ながされ侍りける時、家のむめの花を見侍りて」と題される名高いもので、「こちふかばにほひおこせよ梅の花」として、①の用例と同様に、花の香を風に添わせる、という類型的な趣向の歌である。以上のように見ると、『拾遺集』においては、「にほふ」の用例そのものも、嗅覚的な「にほふ」の用例の割合も少なくなっていることが分かる。すなわち、『古今集』は十九例の「にほふ」の中で十一例、『後撰集』は十九例の中で五例、『拾遺集』は十四例の中で三例が、それぞれ嗅覚的な「にほふ」の用例で、三代集において、時代が下がるにつれて減少していくのである。

なお、『拾遺集』には「香」の用例が七例見えるが、『後撰集』と同じく、「色」と「香」の並列はあまり見られず、あるとしても、「ふる雪に色はまがひぬ梅の花かにこそにたる物なかりけれ(春・一四・躬恒)」「白妙のいもが衣にむめの花色をもかをもわきぞかねつる(春・一七・貫之)」ぐらいで、いずれも、躬恒や貫之など、『古今集』の時代を代表する歌人の作である。

要するに、『後撰集』や『拾遺集』の時代には『古今集』に比べて、「色」や「香」への敏感な意識はあまり見られなくなり、嗅覚表現は『古今集』の先端的な歌風の一つの特徴であったと言える。憶測を述べれば、それがあまりにも先端的であっただけに、にわかにその斬新性を失ったと思われる。すなわち、『後撰集』などにおいて嗅覚表現が著しく後退したのは、『古今集』の時代の嗅覚表現がそれだけ強烈な存在感を残したことを意味し、だからこそ、急激に惰性化されたと思われるのである。もはや、ものの香は新しい世界を切り開いてゆくものではない。『後撰集』や『拾遺集』に収められている多くの嗅覚表現が、ややもすれば『古今集』の表現の焼き増しに過ぎないと見えるのは、そのような状況を反映していると言えよう。

## V．「感覚」と「時間」

以上のように、『万葉集』『古今集』『後撰集』『拾遺集』などの作品において嗅覚表現がどのような様相を見せているのかを検討し、『古今集』になって嗅覚表現が飛躍的に増加したこと、なおかつ、その内容においても、『万葉集』の場合とは違って、嗅覚が固有の感覚として自立していることを確認した。『古今集』によってはじめて、五感が分立する、新たな「感覚」の世界が切り開かれたのである。これは、『万葉集』と『古今集』との歌風の変質を浮き彫りにしているのみならず、『古今集』以降の『後撰集』や『拾遺集』などとの比較検討からも明らかになったように、いわゆる『古今集』的な表現の特質とも深く関わるものである。

とりわけ注目すべきことは、前項で既に触れた「異なる感覚の対比・並列」という視点である。例えば、「春雨ににほへる色もあかなくにかさへなつかし山吹の花(春下・一二二・よみ人知らず)」に見られるような、「香」に対する認識の覚醒が「色」に対する認識の覚醒を導き、逆に「色」に対する覚醒が「香」に対する認識の覚醒を導く、といったものは、『古今集』の「五感の分立」という在り方が、どのような表現性を生み出したかをかいま見せるものとして重要である。それぞれの感覚は固有の世界の中で純化されると同時に、全体的に言葉の奥から照応し、異なる感覚を互いに刺激しあい、共に強烈に鮮明化される。『古今集』の歌人たちは、「感覚」なるものの本来の在り方を理解しているのみならず、それを表現として昇華していったとも思われる。

以上のようなことから、『古今集』の感覚表現が「感覚」の本来の在り方を踏まえて表現されていたことが確かめられるが、その一方で、そもそも「感覚」にはもう一つ、より根本的な特質がある。改めて言うまでもないことであるが、「感覚」なるものは本質的に「現在」という「時間」と不可分に結びついているのである。過去にも未来にも還元されない「現在の感覚」こそ、「感覚」の本来の在り方と言えよう。ところで、「五感の分立」を通して「純化された感覚」に浸る『古今集』の「感覚表現」は「現在における瞬時の感覚」を鋭く捉えるだけのものであろうか。真に問われねばならないことは、『古今集』の「感覚表現」が掘り起こしている「時間」の問題かも知れない。

というのは、かつて和辻哲郎氏[21]によって説かれたように、『古今集』の歌は「瞬間の情緒」を鋭く捉えて歌うよりも、「情緒の過程」を重んじる傾向があるからである。そのような傾向が「瞬間の情緒の告白である歌よりも、その情緒の歴史を描くところの物語を欲する」として、物語性と結びついて捉えられているが、しかし、『古今集』の内在的な時間性は、一見、「感覚」が、その本来の性格として持っているはずの「現在性」と相反するとも思われる。和辻哲郎氏の指摘を反芻すると、景物の「今の瞬間の美しさ」を詠嘆する、あるいは恋を「一つの鋭い瞬間」において表現する『万葉集』の表現の方が、はるかに「感覚的」と思われがちである。

しかし、『古今集』の感覚表現が「瞬時の感覚」に終始するものとは思えな

---

21) 和辻哲郎「『万葉集』の歌と『古今集』の歌との相違について」(『日本精神史研究』岩波文庫、一九九二)p.136

い。一例として、既に触れた「非在の梅」の問題が挙げられよう。冒頭で挙げた「折りつれば袖こそにほへ梅花有りとやここにうぐひすのなく(春上・三二・よみ人知らず)」という歌に関して、<梅と鶯の組合せ>という観点からその問題点を説いたのは鈴木宏子氏であったが、氏は、同じ論の中で、白詩の中に花鶯の不在や乏しさによって早春や晩春の風情を描き出す詩句が存在することに注目し、<不在の花と鶯の組合せ>を白詩の影響を受けたものと指摘している。そして、このような<組合せ>によって捉えられるのは、空間的に広がる春の景物であるよりも、時間とともに変化していく自然の形であるとして、「不在の景物を歌う」とは、やがて現れる景物への憧憬、姿を消した景物への哀惜を歌うことであり、時の推移についての思惟と不可分であると指摘しているのである[22]。首肯すべき見解であろう。

但し、それと同時に、上の歌の場合、「不在の景物」によって時間の内在化が可能になるためには、「瞬時の感覚」を鋭く捉えるだけではなく、観念の中で「感覚」が再現される仕組みになっていることに、改めて注意を払いたいとも思う。『古今集』の表現の特質として「観念的思考」というのがしばしば指摘されているが、鈴木日出男氏の言辞を借りれば、「『古今集』では事柄をその実際から切り離して再構成しようとする[23]」ということであろう。ところで、そのような傾向は「感覚表現」においても見られるのである。というのは、「感覚」が「現在」を取り戻すためには、否応なく「感覚の再構成」に頼るしかないが、『古今集』において、それがしばしば「記憶」の形で表現され、いかにも『古今集』的な表現の典型をなしているからである。例えば、「さつきまつ花橘のかをかげば昔の人の袖のかぞする(夏・一三九・よみ人知らず)」という名高い歌が挙げられよう。思いがけなくかすめた「花橘の香り」から、瞬間的に過去のある人の香をふと思い出し、自分の中に刻

22) 注(7)に同じ。
23) 鈴木日出男「古今的表現の形成」(『古代和歌史論』東京大学出版会、一九九〇)p.442

まれた過去の「感覚」を再現していくこの魅力的な歌は、『古今集』の純化された「瞬時の感覚」に、内面的な時間が既に孕まれていることを遺憾なく見せている。ちなみに、この場合の「内面的な時間」は、時間の流れに沿って配されている『古今集』の「配列の方法」から喚起される時間よりも、むしろ『源氏物語』などに見られるような「感情に浸された時間、濃淡のある時間[24]」と関連深いと思われる。

いずれにしても、感覚は実在しているようで、実在しないものである。ましてや、ものの香のように、はかなく、捉えようのない感覚は、なおさらであろう。ある意味で「形而上的感覚」とも言えそうな嗅覚などを『古今集』の歌人たちが好んだとすれば、そのような感覚に輪郭を与える「精神」の姿があるはずだが、この点については、今後の課題にしたい。

---

24) 清水好子「場面と時間」(『源氏物語の文体と方法』東京大学出版会、一九八〇)p.76

# 第3章
## 『古今集』の「袖」の香

### Ⅰ. はじめに

『古今集』のものの香を詠んだ歌の中には、次のような「よみ人知らず」の歌が見える。

五月まつ花橘の香をかげば昔の人の袖の香ぞする1)
(夏・一三九・よみ人知らず)

一読して分かるように、花橘の香に触発されて過ぎし日の恋人の思い出がふと甦ったという内容で、平安文学全般にかけて大きな影響を及ぼしている、名高い歌である。例えば、『和泉式部日記』の冒頭には次のような一節が見える。

「いとよきことにこそあなれ。その宮は、いとあてにけけしうおはしますなるは。むかしのやうにはえしもあらじ」など言へば、「しかおはしませど、いとけ近くおはしまして、『つねに参るや』と問はせおはしまして、『参り侍り』と申しさぶらひつれば、『これもて参りて、いかが見給ふ、とてたてまつらせよ』とのたまはせつる」とて、たちばなの花をとり出でたれば、「むかしの人の」と言はれて、「さらば参りなん。いかがきこえさすべき」と言へば、ことばにてきこえさせんもかたはらいたくて、なにかは、あ

1) 『古今集』の歌番号と引用は、日本古典文学全集『古今和歌集』(小学館)による。

だあだしくもまだきこえ給はぬを、はかなきことをも、と思ひて、

かをる香によそふるよりはほととぎす

聞かばやおなじ声やしたると

ときこえさせたり[2]。

(『和泉式部日記』一二)

ここでは、「橘の花」が「昔の人」の為尊親王を想起させ、その弟の敦道親王との恋愛の発端となる。明らかに『古今集』の歌が意識された場面で、特に「橘の花」が追憶や回想のよすがとして用いられている。一方、『古今集』の歌は、『伊勢物語』に虚構化されて、次のように収められている。

むかし、男ありけり。宮仕へいそがしく、心もまめならざりけるほどの家刀自、まめに思はむといふ人につきて、人の国へいにけり。この男、宇佐の使にて行きけるに、ある国の祇承の官人の妻にてなむあると聞きて、「女あるじにかはらけとらせよ。さらずは飲まじ」といひければ、かはらけ取りて出したりけるに、さかななりける橘をとりて、

五月待つ花橘の香をかげば

むかしの人の袖の香ぞする

といひけるにぞ、思ひ出でて、尼になりて、山に入りてぞありける[3]。

(『伊勢物語』六十段、七二～七三)

ある「男」の妻だった女が、仕事の多忙から顧みなかった「男」を捨てて、他の男と結婚し、夫に従って、地方に下向する。その後、前の「男」が宇佐の使としてやって来て、今の夫が接待役となり、二人は再会する。再会した「男」は宴席で、「橘」を手に冒頭の『古今集』の歌を詠い、思い出した女は

2) 『和泉式部日記』の引用は、新潮日本古典集成『和泉式部日記』(新潮社)の本文により、その頁数を示す。

3) 『伊勢物語』の引用は、新潮日本古典集成『伊勢物語』(新潮社)の本文により、その頁数を示す。

尼になってしまう。「橘」が甘美な過去の恋の回想として用いられた『和泉式部日記』に比べ、ここでの「昔の人」は、自分を捨てて、他の男の妻となった女になり、多少趣を異にしていると言えようが、それにしても、両方とも『古今集』の歌が踏まえられたことは明らかである。

以上のように、冒頭の『古今集』の歌は、平安時代の様々な作品に大きな影響を及ぼしたが、その頂点に『源氏物語』があると言える。というのは、冒頭の『古今集』の歌は、『源氏物語』の中で最も引用回数の多い歌で、橘の花の香によって呼び出される記憶を物語は重要な方法とし[4]、「花散里」巻のみならず、物語の様々な場面で懐旧・追憶の記号として、その有効性を発揮しているからである。

ところで、既に触れた『伊勢物語』や『和泉式部日記』の本文からも窺えるように、「橘」は『古今集』の歌によって、追憶や回想のよすがとして用いられているが、それがあまりにも記号化・固定化されたせいか、そのような表現の背景にある「袖の香」の斬新性を見落としてしまう傾向がある。すなわち、そもそも、冒頭の『古今集』の歌の場合、懐旧のよすがは「橘」そのものではなく、あくまでも「花橘の香」であり、その背後には「昔の人の袖の香」があったのである。言い換えれば、『和泉式部日記』や『源氏物語』などの散文に見られる、「橘に触発された懐旧」という表現的達成は、冒頭の『古今集』の歌の「昔の人の袖の香」に見える、「嗅覚による瞬間的な懐かしさ[5]」によってはじめて可能であったと考えられる。従って、本稿では、改めて『古今集』の歌に見える「袖の香」の問題についてより具体的に考察し、そこに孕まれている問題について考えてみたいと思う。

---

4）三田村雅子「方法としての<香>」（『源氏物語 感覚の論理』有精堂、一九九六）p.217

5）嗅覚による回想・懐旧に関しては、拙稿「浮舟物語における嗅覚表現ー「袖ふれし人」をめぐって」（『国語と国文学』、二〇〇一・一、本書の第Ⅰ部の第5章）に詳しい。

## II.「薫物」の流行がもたらしたもの

『万葉集』からほぼ百五十年以後に成立した『古今集』は、『万葉集』を継承しながらも、様々な面で相違を見せているが、上野理氏も指摘するように、『古今集』になってはじめて注目され、登場するものの一つに「花の香」がある6)。端的な一例として、『万葉集』には約百十八首の膨大な梅の歌が収められているにもかかわらず、諸家が一致して梅の香を詠んだ作として認めているのは「梅の花香をかぐはしみ遠けども心もしのに君をしそおもふ7)」(二十・四五〇〇・市原王)の一首のみである。しかし、『古今集』の梅の用例は、詞書に「梅の花」とある五例を含めて全二九例で、その中で香りを対象にしたのは十七例を数える。「香」の用例にしても『万葉集』では僅か三例しか見られなかったのに対して、『古今集』では二六例も見られるのである。『古今集』になって嗅覚表現が飛躍的に増加したのは否めない事実であろう。

ところで、そもそも、花の香が文学の対象になったのは、主として漢詩文の影響であると指摘されているが8)、それと共に、しばしば挙げられているのが、平安初期以来発達した薫物の流行である9)。すなわち、この時代になって人々の生活に定着しはじめた薫香への風俗的な好尚が、ものの香の歌の背景になっているというのである。例えば、『源氏物語』の梅枝巻には

---

6) 上野理「花と香と歌」(『後拾遺集前後』笠間書院、一九七六) p.37
7) 『万葉集』の歌番号と引用は『万葉集全訳注』(中西進、講談社文庫)による。
8) 小島憲之『古今集以前ー詩と歌の交流』(塙書房、一九七六) p.15
高橋庸一郎「『万葉集』の匂いと『懐風藻』の匂いー和漢の匂いの文化の相違についてー」(和漢比較文学叢書 第九巻『万葉集と漢文学』汲古書院、一九九三) p.198
9) 上野理「花と香と歌」(『後拾遺集前後』笠間書院、一九七六) p.47
吉田隆治「紫式部に到る「香り」の系譜(三)ー万葉集から拾遺和歌集を辿ってー」(『九州大谷研究紀要』、一九九五・十) p.39
尾崎佐永子『源氏の薫り』(朝日新聞社、一九九二) p.41

次のような叙述が見られる。

正月のつごもりなれば、公私のどやかなるころほひに、薫物合はせたまふ。大弐の奉れる香ども御覧ずるに、なほいにしへのには劣りてやあらむと思して、二条院の御倉開けさせたまひて、唐の物ども取り渡させたまひて、御覧じくらぶるに、「錦、綾なども、なほ古き物こそなつかしうこまやかにはありけれ」とて、近き御しつらひのものの覆ひ、敷物、褥などの端どもに、故院の御世のはじめつ方、高麗人の奉れりける綾、緋金錦どもなど、今の世の物に似ず、なほさまざま御覧じ当てつつせさせたまひて、このたびの綾、羅などは人々に賜す。香どもは、昔今の取り並べさせたまひて、御方々に配りたてまつらせたまふ。「二種づつ合はせさせたまへ」と聞こえさせたまへり。贈物、上達部の禄など、世になきさまに、内にも外にも事しげく営みたまふに添へて、方々に選りととのへて、鉄臼の音耳かしがましきころなり10)。

(梅枝③四〇三～四〇四)

そもそも、「薫物」とは、後に「香道」として成立した「聞香」のように、伽羅などの香木そのものをくゆらすのではなく、香木を粉にして、調合して自分の好みの香りを作り、これを丸めて固め、密封して成熟する、いわゆる「練香」の形をし、梅枝巻には、この作り方がみごとに描写されていて、それを追うだけでかなり正確に、当時の薫物の実体を知ることができる11)。上の引用文でも、明石の姫君の入内を間近に控えた正月の末に、源氏は薫物合せを思い立ち、六条院の御方々のところでも、材料の香木を搗き砕く鉄臼の音が耳やかましく聞こえたとしている。

この他にも、『源氏物語』梅枝巻の「薫物合せ」には、「黒方」「侍従」「荷葉」などの、様々な薫物の名称が見え、「承和の御いましめの二つの方を、

---

10) 『源氏物語』の引用は、新編日本古典文学全集『源氏物語①～⑥』(小学館)の本文により、その巻数と頁数を示す。
11) 尾崎佐永子『源氏の薫り』(朝日新聞社、一九九二) p.41

いかでか御耳には伝へたまひけん、心にしめて合はせたまふ」(梅枝③四〇四)や「前の朱雀院のをうつさせたまひて、公忠朝臣の、ことに選び仕うまつれりし百歩の方」(梅枝③四〇九)など、秘伝の合香に対する記述も見られる。言うまでもなく、平安初期と言えば、いわゆる「六種の薫物」が完成された時期で、平安末期の歌人刑部卿範兼の『薫物類抄』には平安初期の考案者の名やその製法が列挙されていて、その流行ぶりや時期などが窺える。その具体的な様相が『源氏物語』の様々な場面でも確認できるわけであるが、本稿では、その先駆けとして、改めて『古今集』の薫物の歌を具体的に検討してみたいと思う。

## Ⅲ.『古今集』の衣服の香

『古今集』の中にも、薫物の流行ぶりが垣間見られる歌が多く収められている。衣にたきしめた薫香が直接的に詠まれている「移り香」(八七六・友則)をはじめ、人の香や衣服の香として詠まれているものがかなりの数になっているからである。それと関連した用例を見ると、次のようである。

① 折りつれば袖こそにほへ梅の花ありとやここに鶯の鳴く
(春上・三二・よみ人知らず)
② 色よりも香こそあはれとおもほゆれ誰が袖ふれしやどの梅ぞも
(春上・三三・よみ人知らず)
③ やどちかく梅の花うゑじあぢきなく待つ人の香にあやまたれけり
(春上・三四・よみ人知らず)
④ 梅の花立ちよるばかりありしより人のとがむる香にぞしみぬる
(春上・三五・よみ人知らず)
⑤ 梅が香を袖にうつしてとどめてば春はすぐともかたみならまし
(春上・四六・よみ人知らず)

⑥ 散ると見てあるべきものを梅の花うたてにほひの袖にとまれる
(春上・四七・素性法師)
⑦ 散りぬとも香をだにのこせ梅の花恋しきときの思ひいでにせむ
(春上・四八・よみ人知らず)
⑧ 五月まつ花橘の香をかげば昔の人の袖の香ぞする
(夏・一三九・よみ人知らず)
⑨ 女郎花吹きすぎてくる秋風は目には見えねど香こそしるけれ
(秋上・二三四・躬恒)
⑩ 何人か来てぬぎかけし藤袴来る秋ごとに野辺をにほはす
(秋上・二三九・敏行朝臣)
⑪ やどりせし人の形見か藤袴わすられがたき香ににほひつつ
(秋上・二四〇・貫之)
⑫ 主しらぬ香こそにほへれ秋の野に誰がぬぎかけし藤袴ぞも
(秋上・二四一・素性)
⑬ 蟬の羽の夜の衣はうすけれど移り香濃くも匂ひぬるかな
(雑上・八七六・友則)

「袖」という歌語を含めている①②⑤⑥⑧や「藤袴」という植物名を人間の「袴」との掛詞として表現している⑩⑪⑫、「夜の衣」の「移り香」を詠んだ⑬などが、歌語から見て明らかに衣服の香を歌の表現に取り込んでいる例で、その他に、③「待つ人の香」④「人のとがむる香」などのように、歌意から見て衣服の香としか取れない場合もある。なお、「よそにのみあはれとぞ見し梅の花あかぬ色香は折りてなりけり」(春上・三七・素性)「梅の香の降り置ける雪にまがひせば誰かことごとわきて折らまし」(冬・三三六・貫之)のように「折る」という言葉を伴う場合も、表現の背後に「袖の香」が意識されているかも知れない。

改めて、明らかに衣服の芳香を意識した歌として挙げた用例を見ると、歌の解釈によって多少の揺れが生じる用例も含まれている。例えば、⑦のよみ人知らずの歌の場合、「散りぬとも香をだにのこせ」の部分をどのように捉えるべきかによって、「袖の香」の用例として扱うべきかどうかが問われる[12)]。⑨に見られる「女郎花」の香も疑問の余地が残る例である。一読する限り、「女郎花」の花の香を詠んだ歌のように見られがちであるが、そのように捉えると、『源氏物語』匂宮巻における「女郎花」の芳香の問題と相反することになってしまうからである。

> かく、あやしきまで人の咎むる香にしみたまへるを、兵部卿宮なん他事よりもいどましく思して、それは、わざとよろづのすぐれたるうつしをしめたまひ、朝夕のことわざに合はせいとなみ、御前の前栽にも、春は梅の花園をながめたまひ、秋は世の人のめづる女郎花、小牡鹿の妻にすめる萩の露にもをさをさ御心移したまはず、老を忘るる菊に、おとろへゆく藤袴、ものげなきわれもかうなどは、いとすさまじき露枯れのころほひまで思し棄てずなどわざとめきて、香にめづる思ひをなん立てて好ましうおはしける。
>
> (匂宮⑤二七～二八)

『源氏物語』には、薫物に様々な工夫を凝らし、人工の匂いに熱中する匂宮が、芳香をもたぬものとして女郎花と萩をきらったことが書かれているのである。しかし、女郎花といえば、何よりも女性を連想させるものであろう。契沖の『古今余材抄』が「香こそしるけれとは、是もをみなへしの香を女のたき物の追風によせてよめる」と指摘しているように、女郎花自体の芳香の問題はともかくも、作意そのものは、「女郎花」から「女」を連想し、その

---

12) 「残せは其枝に残せといふ也」(『古今和歌集正義』)「せめてにおいだけでも枝に残しておいてくれ」(『日本古典文学全集 古今和歌集』)などのような見方もあり、確に、この歌においては、「枝に残せ」とも解せる。が、その一方で、必ずしも枝でなければならないとも断言できない。「せめて香りだけでも何処かに残しておきなさい」(『古今和歌集全評釈』片桐洋一)と敢えて特定しないのは、そのような曖昧さの反映であろう。ちなみに、直前に配されている⑤⑥が、いずれも「散る梅を惜しむ心」に「袖の香」を結びつけているので、ここでは衣服の薫香を意識した歌として考えるのが穏当であろう。

香を女性の薫香によそえたのであろう。従って、ここでは、女郎花自体の香を云々する以前に、「女の薫香」を思はせる詠みぶりにより重点を置き、衣服の香によそえて詠んだ歌として考えることにする。

すると、『古今集』の歌の中には、薫物の移り香と関連した用例が少なくとも十三首あると言える。それぞれの用例は、①から⑦までが「梅の花」の香、⑧が「花橘」、⑨が「女郎花」、⑩から⑫までが「藤袴」と関連づけられて、⑬の「移り香」を除いては、全て花の香と絡ませられていることになり、殆んどの用例が自然詠であることが分かる。

## Ⅳ. 「袖」から「袖の香」へ

改めて薫物の香が詠み込まれた用例を一瞥してみると、特に「袖」の香を取り込んでいる用例が目立ち、①②⑤⑥⑧など五例を数える。①②⑤⑥が「梅」⑧が「花橘」で、いずれも香りの強い花であるから、「袖の香」は基本的に実感に基づいていると言えよう。

一方、「袖」という言葉は、『万葉集』以来の歌ことばであるが、『万葉集』からの用例を簡単に振返ってみると、別れを惜しむ気持などを離れた所にいる相手に伝えるために「袖を振る」ことや、男女が互いに衣の袖を敷き交わして共寝をする「袖交ふ」「袖交はす」「袖続く」などの用例が見られるが、『古今集』において「袖」によって連想されるものはやはり「涙」で[13]、「袖」の用例三八首の中には「ひづ」「濡る」「そぼつ」「露けし」などとの組合わせで、「涙を流して泣く」意のものが多く見られる。従って、「袖」という歌ことばそのものが、非常に人事的・情緒的な面を孕んでいると言えようが、すると、そのような「袖」が『古今集』の香の用例に多く見られるのは如何なる意

13) 片桐洋一『歌枕歌ことば辞典』(角川書店、一九八八) p.233

味を持っているのか。

ちなみに、『後撰集』の歌の中で、「袖の香」と関連したものとして次のようなものが挙げられる。

① 梅の花折ればこぼれぬ我が袖に匂ひ香うつせ家づとにせん[14)]
(春・二八・素性)

② なをざりに折つる物を梅花こき香に我や衣そめてん
(春上・十六・閑院左大臣)

『後撰集』の「袖」の用例は、『古今集』よりも多く、五七例にも達しているが、「香」を取り込んでいるものは①の一首のみである。ところで作者の方を見ると、『後撰集』に収められているとはいえ、『古今集』の代表的な歌人の素性の歌である。

一方、『後撰集』には、冬嗣の歌として②のような用例も見える。一読して分かるように、「袖」という言葉そのものは用いられていないものの、薫物と切り離せない歌と言えよう。作者である冬嗣も『古今集』成立以前の人物である。従って、『後撰集』時代の歌人に「袖の香」はそれほど意識されていなかったと言える。

このような事情は『拾遺集』でも同じで、「袖」の用例は三七例にも達しているが、「香」や「にほふ」などの、嗅覚表現と関わりを持つものは殆んど見あたらない。ちなみに、『拾遺集』には、次のような歌が見られる。

誰が袖に思よそへて郭公花橘の枝に鳴くらん[15)]
(夏・一一二・よみ人知らず)

---

14) 『後撰集』の歌番号と引用は，新日本古典文学大系『後撰和歌集』(岩波書店)による。
15) 『拾遺集』の歌番号と引用は、新日本古典文学大系『拾遺和歌集』(岩波書店)による。

「香」や「にほふ」などの嗅覚表現は直接的に見られないが、「袖の香」という発想が歌の重要な題材になっている。言うまでもなく、『古今集』の「折りつれば袖こそにほへ梅の花ありとやここに鶯のなく」(春上・三二・よみ人知らず)を意識した詠みぶりである。但し、ここでは、＜鶯と梅の組合せ＞ではなく、＜時鳥と花橘の組合せ＞になっている点で、『古今集』の「五月まつ花橘の香をかげば昔の人の袖の香ぞする」(夏・一三九・よみ人知らず)の投影も窺われる。従って、「香」や「にほふ」などの言葉は見られないものの、『古今集』の二首の影響が濃厚である点から、「袖の香」を意識した歌として見て差し支えなかろう。しかし、『拾遺集』においても、『後撰集』と同様、「袖の香」は殆んど重視されなかったのである。『拾遺集』時代を代表する歌人の歌が殆んど見られないのも、そのような傾向を裏付けるのであろう。

ちなみに、「袖の香」の歌は以後の中世の和歌に多く見られる。例えば、『新古今集』の場合、「袖」の用例は三代集よりも多く、約百六十七例にも達しているが、その中で「香り」を取り込んでいるものは約十二例を数える。『古今集』などの影響が著しく窺える用例もあるが[16]、「梅の花にほひをうつす袖のうへに軒もる月のかげぞあらそふ」(春上・四四・定家)「風かよふねざめの袖の花の香にかほる枕の春の夜の夢」(春下・一一二・俊成女)などの秀逸な作も見られる。

---

16) 梅が香に昔をとへば春の月こたへぬかげぞ袖にうつれる(春上・四五・家隆)
梅の花たが袖ふれしにほひぞと春や昔の月にとはばや(春上・四六・源通具)
散りぬればにほひばかりを梅の花ありとや袖に春風のふく
(春上・五三・藤原有家)
五月闇みじかきよはのうたゝねにはなたち花の袖にすゞしき
(春下・二四二・慈円)
たちばなのにほふあたりのうたゝねは夢も昔の袖の香ぞする
(夏・二四五・俊成女)
なお『新古今集』の歌番号と引用は、新日本古典文学大系『新古今和歌集』(岩波書店)による。

しかし、三代集に限定して考えてみると、「袖の香」という発想は、『古今集』以外の『後撰集』や『拾遺集』ではあまり見られず、あったとしても、殆んどが『古今集』の用例の影響が著しいもの、あるいは『古今集』の用例の焼き増しに過ぎない類のもので、自ずと『古今集』の特徴の一つとして挙げられるのである。

もっとも、これは「袖の香」に止まらず、嗅覚に関する全ての歌における問題でもある。すなわち、『後撰集』や『拾遺集』の嗅覚表現は、殆んどの場合、『古今集』の嗅覚表現の影響が濃厚であり、作者においても、『古今集』時代の歌人が最も目立つのである。これらの点を確認するため、もう少し広い視野から、三代集における嗅覚表現の問題について、簡単に触れてみたいと思う。

## V. 三代集における嗅覚表現ー作者別

国風暗黒時代をくぐり抜けて成立した『古今集』は、新しい想像力の世界を切り開く題材の一つとして、視覚では捉えられない「香り」を好んで用いた。「袖の香」に限らず、嗅覚表現そのものも、『古今集』時代において最も先端的なものの一つであったのである。ここでは、紙幅の制約ゆえ、全ての嗅覚表現の用例を具体的に挙列することは、愛割せざるを得ないが、三代集における嗅覚表現を「にほふ[17]」と「香」という言葉を中心に検討し、そ

---

17) 従来、「にほふ」は、「色彩」を表す視覚的な表現から嗅覚の意味へと転じて用いられた言葉と理解されてきた。ごく最近の辞書を紐解いても「「にほふ」の「に」は「丹《に》」に関連し、赤系統の色が際立つことが原義とみられる。色彩が照り輝くことから転じて、香気が香り立つ意が生じた」(山口尭二・鈴木日出男編『全訳全解古語辞典』(文英堂、二〇〇四))と説明されている。五感が分立する現代の感覚に基づいて、「視覚」から「嗅覚」へと、「にほふ」の意味が変化したと捉えているのである。このような見解には疑問なしとしないが、ここでは通説に従い、

の用例を作者別に整理してみると、次のようである。

表①『古今集』の嗅覚表現ー作者別

| | 「香」 | 「にほふ」(嗅覚) | 計 |
|---|---|---|---|
| よみ人知らず | 9首(33・34・35・46・48・122・139(二例)・426・464) | 2首(32・46) | 10首 |
| 貫之 | 4首(42・240・336・851) | 4首(39・42・240・851) | 5首 |
| 友則 | 4首(13・38・57・876) | 1首(876) | 4首 |
| 躬恒 | 3首(40・41・234) | | 3首 |
| 素性 | 2首(37・241) | 2首(47・241) | 3首 |
| 篁 | 1首(335) | 1首(335) | 1首 |
| 遍照 | 1首(91) | | 1首 |
| 敏行 | | 1首(239) | 1首 |
| 元方 | 1首(103) | | 1首 |
| | 25首 | 11首 | 29首 |

まず、表①を見ると、『古今集』には「香」の用例が二六例二五首、嗅覚的な「にほふ」の用例が十一例見られるが、その中には「香ににほふ」などの形で、「香」と「にほふ」が重なる場合もかなり含まれているので、嗅覚に関する歌は二九首であることになる。作者の方は、よみ人知らずが十首で最も多く、貫之(五首)・友則(四首)・躬恒(三首)・素性(三首)、その他に、小野篁・遍照・敏行・元方などの作が一首ずつある。よみ人知らずの歌を除けば、貫之・友則・躬恒など、『古今集』の歌風を代表する撰者たちの歌が目立つのである。

嗅覚的な「にほふ」と視覚的な「にほふ」と区分し、『古今集』などの「にほふ」の用例の中で、嗅覚的な意味として用いられた歌だけを考察の対象にした。

表② 『後撰集』の嗅覚表現ー作者別

| | 「香」 | 「にほふ」(嗅覚) | 計 |
|---|---|---|---|
| よみ人知らず | 5首(27・29・31・69・188) | 1首(69) | 5首 |
| 貫之 | | 1首(337) | 1首 |
| 躬恒 | 1首(44) | 1首(44) | 1首 |
| 素性 | 1首(28) | 1首(28) | 1首 |
| 敏行 | 1首(110) | | 1首 |
| 冬嗣 | 1首(16) | | 1首 |
| 源融 | 1首(56) | | 1首 |
| 興風 | 1首(73) | | 1首 |
| 紀長谷雄 | | 1首(39) | 1首 |
| | 11首 | 5首 | 13首 |

『後撰集』の場合は、「香」の用例が十一首、嗅覚的な「にほふ」の用例が五首あるが、二つの言葉が重複する場合を除けば、嗅覚に関する用例は十三首である。よみ人知らずの歌は五首、その他に、貫之・躬恒・素性・敏行・冬嗣・源融・興風・紀長谷雄がそれぞれ一首ずつあり、『古今集』と同様に、よみ人知らずの歌が最も目立つ。

ところで、その他の歌人の顔触れを見ると、貫之・躬恒・素性・敏行などのように、いずれも『古今集』と関わり深い人物である。なお、藤原冬嗣はいわゆる「六種の薫物」の中で最もポピュラーな「梅花」を最初に考案した人で、『薫集類抄』にもその名が載せられている人物である。上野理氏は『古今集』の芳香の歌は、よみ人知らずの歌でも撰者時代の歌である公算が高いとし、この冬嗣の歌に関しても「梅の花の香をよむ作者にふさわしいが、あまりにもふさわしいために、この歌の作者に仮託されることはなかったろうか[18)]」と推測している。その他にも、源融や紀長谷雄など、『古今集』成立以前の人や『古今集』時代と密接に関わる人物が殆んどである。

---

18) 上野理「花と香と歌」(『後拾遺集前後』笠間書院、一九七六) p.51

実際、『後撰集』における嗅覚に関する歌は、殆んどの場合、『古今集』の投影が著しく窺えるものが多く、なおかつ、『古今集』的発想から一歩も進んでいない歌ばかりである。全ての作者が『古今集』時代に接近した人物であるから当然のことかも知れないが、その一方で、『後撰集』時代の歌人が嗅覚表現にあまり関心を持たなかったことを浮彫りにしている。このような傾向は、次の勅撰集である『拾遺集』でも著しく窺える。

表③『拾遺集』の嗅覚表現ー作者別

| | 「香」 | 「にほふ」(嗅覚) | 計 |
|---|---|---|---|
| よみ人知らず | 2首(27・1013) | | 2首 |
| 貫之 | 1首(17) | | 1首 |
| 躬恒 | 3首(14・16・30) | | 3首 |
| 菅原道真 | | 1首(1006) | 1首 |
| 能宣 | | 1首(31) | 1首 |
| 具平親王 | | 1首(1005) | 1首 |
| 如覚法師 | 1首(1063) | | 1首 |
| | 7首 | 3首 | 10首 |

上の表③を見ると、『拾遺集』でも『後撰集』と事情はあまり変わらないと思われる。「香」と「にほふ」が重なって表現された用例は一首もなく、嗅覚に関する歌は全部で十首であるが、作者の方は、躬恒の歌が三首、よみ人知らず二首、貫之・如覚法師・能宣・具平親王・菅原道真などの歌が一首ずつである。能宣、如覚法師などの用例を除けば、殆んどが『古今集』時代と関わる人物の用例で、特に躬恒の作品が多く見られる。

以上のように、三代集に見られる嗅覚表現の歌には、いずれもよみ人知らずの歌が多く見られるが、作者名が明記された場合、友則・貫之・躬恒など、まさに『古今集』時代を代表する歌人の名が多く見られる。なお、『古今集』の場合は「香」と嗅覚の「にほふ」が一首の中に重なっている場合が七首にも及んでいたのに対して、『後撰集』の場合は重なっているものが三首しかなく、『拾遺集』の場合は一例もないのである。従って、「香」という言葉を伴わなくても、嗅覚に限定される「にほふ」が次第に定着していったと言えよう。いずれにしても、作者の方を見ると、『古今集』の時代は嗅覚に関して最も敏感で旺盛であった時期で、『古今集』の歌風の特質の一つとして挙げられるのであろう。

以上のように、嗅覚表現が、『古今集』時代において最も先端的なものの一つであったことを確認してみた。だが、それがいったん、方法的に定着してしまうと、急速に先端性を失ってしまうのであろう。もはや、ものの香は新しい世界を切り開いてゆくものではない。だからこそ、『後撰集』や『拾遺集』に収められている殆んどの嗅覚表現が『古今集』の表現の焼き増しに過ぎないように見えるのであろう。

しかし、新しく誕生した物語の世界では、ものの香は依然として先端的な題材であった。『源氏物語』には枚挙にいとまのないほど様々な香りが登場し、奥行深い表現として用いられている。言い換えれば、『古今集』の嗅覚表現が持つ斬新さ・先端性は、和歌の世界ではなく、新しく誕生した仮名文学、特に『源氏物語』において継承・発展されるのである。

## VI.「袖の香」の表現性

翻って、『古今集』の「袖の香」の表現性について考えてみたい。「袖の香」を詠んだ『古今集』の歌は、そもそも「袖」という歌ことばが孕んでいる人事的な面と、それに「香」を絡ませることによって生じた情緒性によって、単なる自然詠の範疇を越える表現性を持っている。改めて『古今集』の「袖の香」を見ると、次のようである。

① 折りつれば袖こそにほへ梅の花ありとやここに鶯の鳴く
(春上・三二・よみ人知らず)

② 色よりも香こそあはれとおもほゆれ誰が袖ふれしやどの梅ぞも
(春上・三三・よみ人知らず)

③ 梅が香を袖にうつしてとどめてば春はすぐともかたみならまし
(春上・四六・よみ人知らず)

④ 散ると見てあるべきものを梅の花うたてにほひの袖にとまれる
(春上・四七・素性法師)

⑤ 五月まつ花橘の香をかげば昔の人の袖の香ぞする
(夏・一三九・よみ人知らず)

まず、①の歌は、まとまった「梅の花」の歌群の最初に置かれているもので、<鶯と梅の組合せ>という『万葉集』以来の伝統的な美意識から逸脱していないものの、目に見えない「非在の梅」を詠じている点で、その独自性を確保している例である[19]。この歌で、目に見えない梅の存在を証明しているのは、その馥郁たる「香り」であり、なおかつ「鶯」という存在であるが、このような表現的達成にも、薫物の風俗的な好尚は深く関わっているのである。

次の②の歌は①の歌の直後に配されて、見事に一対になっている。というのは、前の歌が梅の香が袖に移ったことを詠んでいるのに対して、ここで

19)『古今集』四季歌の重要な表現の一つである<景物の組合せ>に注目した鈴木宏子氏は、『古今集』のみならず、『万葉集』にも、まとまった形で<梅と鶯の組合せ>の用例が見られるし、『万葉集』における「梅」と「鶯」の結びつき方を三通りのタイプに分類している。そして、このような<景物の組合せ>は景物相互間に何らかの引力が働く必要があるとし、<梅と鶯の組合せ>の場合は、「梅の枝にとまって鳴く鶯」という絵画的構図を要に持っていると指摘している(鈴木宏子「<梅と鶯の組合せ>考」(『古今和歌集表現論』笠間書院、二〇〇二)p.92)。すると、この当該の歌は、鈴木宏子氏の指摘する絵画的な構図とはやや趣を異にしている。いわゆる「非在の梅」で、その意義に関しては、本書の第Ⅰ部の第2章の「『古今集』の感覚」に詳しい。

は逆に、人の袖が触れて梅の花がその移り香を留めている、としているからである。この歌は『源氏物語』にしばしば引歌されて、特に「薫」と関連深い場面に用いられているが[20]、歌の表現に見える「誰が袖」の斬新さについては、諸注に様々な指摘がある。例えば、金子元臣氏は、「昔は薫籠即ち火取で衣服に薫物する事が盛に行はれ、上流社会では、男女とも身嗜みに焼きしめたのだから、移り香といふ事が物語や歌文に多数散見してゐる。こゝも其の袖の薫が梅に移り留つたものとして詠んだ[21]」とし、②のような表現が成り立つ背景に、当時盛んに行われた薫物との関連性が窺えると強調しながら、次のような興味深い指摘もしている。

> なほ思ふにこの歌単に梅が香を愛する意のみではあるまい。必ず託する所諷する所があるのだらう。恐らく作者意中の女の許を音づれた折、庭前の梅花がたゞならず薫つたのを、こはどうした男の移り香ぞ、油断のならぬ事かなと揶揄つたものだらう。かう見ると、「たが」の一語妙いふべからざるものがある。

歌の表現に見える「誰」を、自分が思っている女性の愛人として捉え、なおかつ、様々な状況を想定しているのである。歌の解釈としては行き過ぎた面があるが、しかし、その一方で、このような「想像」を全面的に否定することに関してはやはりためらいを覚えざるを得ない。というのは、そのような状況を想像させる何かが、想像を一層かきたてる何かが、「誰が袖ふれし」という歌の表現に含まれていると見られるからである。歌の表現が、まさに宇治十帖の「中の君」をめぐる「匂宮」と「薫」の三角関係を髣髴させているのである[22]。しかも、この直後に配されている、次のような二首は、いず

---

20）拙稿「浮舟物語における嗅覚表現ー「袖ふれし人」をめぐってー」(『国語と国文学』、二〇〇一・一、本書の第Ⅰ部の第５章)に詳しい。
21）金子元臣『古今和歌集評釈』(明治書院、一九二七) p.121
22）「かの人の御移り香のいと深くしみたまへるが、世の常の香の香に入れたきしめ

れも想像をかきたてる表現になっている。

やどちかく梅の花うゑじあぢきなく待つ人の香にあやまたれけり
(春上・三四・よみ人知らず)
梅の花立ちよるばかりありしより人のとがむる香にぞしみぬる
(春上・三五・よみ人知らず)

前者は、「待つ人の香」という句からも窺えるように、自然詠であるにもかかわらず、人事的要素が非常に濃厚で、梅よりも恋心に歌の関心がある。後者も、解釈によって様々な可能性を見せている歌であるが、特に「人のとがむる香」という表現を見ると、人事的要素が窺える。『古今集』には、この他に四例見られるが、次のように、多くの場合「恋歌」に用いられている。

ももくさの花の紐とく秋の野に思ひたはれむ人なとがめそ
(秋上・二四六・よみ人知らず)
いで我を人なとがめそ大舟のゆたのたゆたに物思ふころぞ
(恋一・五〇八・よみ人知らず)
限りなき思ひのままに夜もこむ夢路をさへに人はとがめじ
(恋三・六五七・小町)
下にのみ恋ふればくるし玉の緒の絶えて乱れむ人なとがめそ
(恋三・六六七・友則)

以上のように、「とがむ」という表現が用いられている用例は殆んどが恋歌で、いずれも、二人だけの密かな恋愛に対する他者の咎めだての意味として用いられている。従って、②の「誰が袖ふれし」の直後に配された二首

---

たるにも似ずしるき匂ひなるを、その道の人にしおはすれば、あやしと咎め出でたまひて」(宿木⑤四三四)

とも、人事的・恋愛的な要素が非常に強い歌であると思われる。

しかし、②の歌に限らず、そもそも、ものの香を詠んだ歌の中には人事的な要素が濃厚な例が多く見られる。次の③と④も例外ではない。

二首とも、「梅の花」の歌群の後半に並んで配されているが、散る花を惜しむ心を、その「香」に絡ませて、「袖の香」を問題にしている。二首の中には、人事歌において顕著な歌ことばが多く見られるが、③に見える「とどめてば[23)]」や「かたみ[24)]」などがそれである。要するに、③と④の用例には、人事歌のキーワードになっている歌語が表現の中心になっているのである。

以上の四首は「梅の香」を「袖の香」に絡ませて詠んだ用例であるが、次の⑤は、「花橘」の香を「袖の香」によそえたもので、本稿の冒頭でも触れた『古今集』の名歌である。思いがけなくかすめた花橘の香りから、瞬間的に過去のある人の香をふと思い出し、自分の中に刻まれた過去の感覚を再現していくこの魅力的な歌は、『伊勢物語』『源氏物語』『和泉式部日記』などの散文文学には大きな影響を及ぼしているが、『古今集』以後の三代集には意外と関連した用例が少ない[25)]。

---

23) 『古今集』において「留む」の用例は十五例であるが、当該歌を除いては、「春下」の二例(一一四・一三二)、「離別」の五例(三六八・三七四・三八五・四〇二・四〇三)、「物名」の一例(四四八)、「恋二」の一例(五九二)、「恋四」の一例(七四五)、「雑上」の三例(八七二・八八二・九九六)、「雑体」の一例(一〇四三)などがある。すなわち、離別の歌が非常に多く、その他にも、恋歌や雑歌などの人事歌に多く見られるのである。自然詠である「春下」の用例にしても、散る花への哀惜を詠じている用例であって、離別の歌と相通じる面が多いのであろう。

24) 「形見」の用例も『古今集』において九例見られるが、「春上」(四六・六六)「秋上」(二四〇)「離別」(四〇〇)「恋四」(七三七・七四三・七四五・七四六)など、恋歌の用例が半分以上で、その他「忘れ形見」の用例も「恋四」(七一七)に一例見られる。

25) 夏の夜に恋しき人の香をとめば花橘ぞしるべなりける
(後撰・夏・一八八・よみ人知らず)

以上のように、『古今集』の「袖の香」の用例について簡単に触れてみた。そもそも、「袖」という歌語そのものも情緒性に富んでいるが、それに「香」を絡ませた「袖の香」の場合、一層人事的・情緒的・恋愛的性格を濃厚に見せているのである。従って、主として人事歌のキーワードになっている歌語が「袖の香」の歌に頻出するのも無理のないことであろう。しかし、『古今集』が開拓した「袖の香」は、以後の『後撰集』や『拾遺集』ではあまり見られず、あったとしても、殆んどが『古今集』の用例の焼き増しに過ぎない類のものである。『古今集』の嗅覚表現が持つ斬新さ・先端性は、和歌の世界ではなく、新しく誕生した物語というジャンル、特に『源氏物語』において継承・発展されるのである。

## Ⅶ.『源氏物語』の「袖の香」

『源氏物語』には枚挙にいとまのないほど、香りが登場する場面が多いが、次の一節では、人の薫香を表現するのに、地の文において「袖の香」という言葉が用いられている。荒廃した邸で、貧窮に絶えながら、頑ななまでに源氏を待ち続けた末摘花が、須磨から帰った源氏とやっと対面し、和歌を交わす場面である。

> 立ちとどまりたまはむも、所のさまよりはじめまばゆき御ありさまなれば、つきづきしうのたまひすぐして出でたまひなむとす。ひき植ゑしならねど、松の木高くなりにける年月のほどもあはれに、夢のやうなる御身のありさまも思しつづけらる。
>
> 藤波のうち過ぎがたく見えつるはまつこそ宿のしるしなりけれ

---

誰が袖に思よそへて郭公花橘の枝に鳴くらん

(拾遺・夏・一一二・よみ人知らず)

数ふればこよなう積もりぬらむかし。都に変りにけることの多かりけるも、さまざまあはれになむ。いまのどかにぞ鄙の別れにおとろへし世の物語も聞こえ尽くすべき。年経たまへらむ春秋の暮らしがたさなども、誰にかは愁へたまはむとうらもなくおぼゆるも、かつはあやしうなむ」など聞こえたまへば

年をへてまつしるしなきわが宿を花のたよりにすぎぬばかりか

と忍びやかにうちみじろきたまへるけはひも、袖の香も、昔よりはねびまさりたまへるにやと思さる。

(蓬生②三五〇～三五一)

そもそも、没落王族で、容貌にも恵まれなかった末摘花が、その黒髪と共に、数少ない美質の一つとして備えたのは、その香の嗜みのよさであった。それは、没落したとはいえ、宮家である彼女の存在を辛うじて証明してくれるものでもある。ところで、特に上の場面では、実際には、衣服全体に漂っている香りであるのに、「人の香」でもなく、「衣の香」でもなく、成句的表現「袖の香」によって「末摘花」の薫香を語っている。抒情性に富む「袖の香」が、一瞬ではあるが、「末摘花」をようやく「姫君」に仕立て上げているのである。この以前にも、この以後にも、「末摘花」が抒情的な雰囲気で描写されることは、殆んどなかった。

この他にも、次のように、地の文において「袖の香」が用いられる場合がある。末摘花の「袖の香」の場合と同じく、実際には衣服全体であるが、「香」を強調するために成語的な「袖の香」を用いる場面である。

宿直人、かの御脱ぎ棄ての艶にいみじき狩の御衣ども、えならぬ白き綾の御衣のなよなよといひ知らず匂へるをうつし着て、身を、はた、えかへぬものなれば、似つかはしからぬ袖の香を人ごとに咎められ、めでらるるなむ、なかなかところせかりける。心にまかせて身をやすくもふるまはれず、いとむくつけきまで人のおどろく匂ひを失ひてばやと思へど、とこ

ろせき人の御移り香にて、えも濯ぎ棄てぬぞ、あまりなるや。

(橋姫⑤一五二)

天性の体香を備えたとされる「薫」から濡れた衣類を与えられた宿直人が、その芳香によって怪しまれたり誉められたりしてかえって身の置き所がなく、「薫」の衣の移り香に困っている様子が語られているが、ここでも、成語的な「袖の香」が用いられている。以上のような「地の文」の用例の他に、和歌の中で袖の香が意識された場合も非常に多いが、特に「袖の香」として明記された用例として、次のような場面が挙げられる。

箱の蓋なる御くだものの中に、橘のあるをまさぐりて、

橘のかをりし袖によそふればかはれる身ともおもほえぬかな

世とともの心にかけて忘れがたきに、慰むことなくて過ぎつる年ごろを、かくて見たてまつるは、夢にやとのみ思ひなすを、なほえこそ忍ぶまじけれ。思し疎むなよ」とて、御手をとらへたまへれば、女かやうにもならひたまはざりつるを、いとうたておぼゆれど、おほどかなるさまにてものしたまふ。

袖の香によそふるからに橘のみさへはかなくなりもこそすれ

(胡蝶③一八五～一八六)

源氏が玉鬘に慕情を告白し、玉鬘が苦悩する場面であるが、ここで源氏と玉鬘は『古今集』の歌を踏まえ、それぞれ夕顔を「橘のかをりし袖」「袖の香」に託している。この他にも、梅枝巻[26]、早蕨巻[27]、手習巻[28]など、「袖の香」が重要なキーワードになっている場面は枚挙にいとまがないほどである。ちなみに、『源氏物語』には、「袖」の用例が約百九例、「御袖」の用例が

---

26) 「花の香は散りにし枝にとまらねどうつらむ袖にあさくしまめや」(梅枝③四〇六)
27) 「袖ふれし梅はかはらぬにほひにて根ごめうつろふ宿やことなる」(早蕨⑤三五七)
28) 「袖ふれし人こそ見えね花の香のそれかとにほふ春のあけぼの」(手習⑥三五六)

十六例見られるが、特に「袖」の場合は、約百九例の中で六七例が作中和歌に見える用例で、その中の四二例が「ひづ」「濡る」「露」などとの組合わせで用いられていて、既に触れたように、『古今集』の「袖」の用例と重なる面が多い。『源氏物語』の「袖の香」の世界は『古今集』の「袖の香」を抜きにしては考えられないのである。

## Ⅷ. おわりに

以上のように、薫物の香と関わる歌に見られる恋愛的雰囲気について、「袖の香」をキーワードにして簡単に触れてみた。『古今集』において、「袖の香」を詠んだ歌に、人事的・情緒的・恋愛情調的な性格が濃厚な用例が多いこと、なお『古今集』が開拓した「袖の香」の斬新性が、『後撰集』や『拾遺集』の和歌の世界ではなく、新しく誕生した物語というジャンル、特に『源氏物語』において有効に機能していること、などを確認してみたのである。といっても、そのような傾向は「袖の香」のみならず、薫物の香を詠んだ歌の全般に関わる問題でもある。『源氏物語』の様々な場面で、嗅覚表現が深く関与していることが想起されるからである。その意味においても、『古今集』の嗅覚表現の真の継承者は『源氏物語』であると言わざるを得ない。『古今集』から『源氏物語』へ、という文学史の課題を考える際、「袖の香」は重要な手がかりを提供するキーワードなのである。

# 第4章
## 空蝉物語の「いとなつかしき人香」考
### ー『古今集』との表現的関連についてー

## I.「古歌の物語化」

『古今集』のものの香を詠んだ歌の中にに次のような友則の歌が見える。

方違へに人の家にまかれりける時に、主の衣を着せたりけるを、
朝に返すとてよみける

蟬の羽の夜の衣はうすけれど移り香濃くも匂ひぬるかな[1)]

(雑上・八七六・友則)

一読して分かるように、方違え、薄衣の設定、薄衣の移り香など、素材的に空蝉物語を連想させる面が顕著で、早く石川徹氏によって、空蝉物語の構想の拠り所になったと指摘された歌である[2)]。もっとも、空蝉物語に関

1) 『古今集』の歌番号と引用は、日本古典文学全集『古今和歌集』(小学館)による。
2) 石川徹「平安朝に於ける物語と和歌との相互関係に就いて」(『国語と国文学』、一九四六・五、『古代小説史稿ー源氏物語と其前後ー』(刀江書院、一九五八)所収)。石川氏は、空蝉物語を、起首ー男が方違えで身分違いの女と関係する機会を持つ、主部(A)ー女が薄衣を脱いで遁れる、主部(B)ー男がその薄衣に沁みた女の匂いを嗅ぐ、結末ー空蝉の歌による余情、の四部構成であると捉え、『古今集』の友則の歌は、起首・主部(B)・結末との三つの重要な件に関係があり、特に(B)への示唆は明らかであって、(A)の方の拠り所になったと思われる『古今集』の歌(「逢ふまでの形見とてこそ留めけめ涙に浮ぶもくづなりけり」)と共に、空蝉物語は、『古今集』の二首の古歌からそのヒントを得ている短編作品であると指摘した。p.13

しては、「古歌の物語化」という指摘がしばしばなされてきて、石川氏とは別の古歌を提示した玉上琢弥氏の指摘もある[3]。引歌論を構想論と結びつけようとした両氏が、それぞれ別の古歌を想定したわけであるが、このような両氏の齟齬を一つの論拠にして、藤岡忠美氏は、どの一首が原拠であったかは所詮確定できるようなものではなく、いつかは不可知論の壁に突き当たらざるを得ないと批判した[4]。一方、藤岡氏の論の妥当性を認めた上で、にもかかわらず、「古歌の物語化」という視点を、構想論の問題ではなく、和歌の物語喚起力の領域に転換させて考えようとした河添房江氏の論は示唆的である。氏は、尾崎知光氏[5]や、鈴木日出男氏[6]の引歌論を踏まえて、引歌の連辞的作用からながめ直すと、矛盾撞着とみなされてきた石川・玉上氏の食い違いも、また別の視点から統合化が可能とし、石川氏が源泉として指摘する古歌は、玉上氏のそれより、物語のやや表層に作用していると捉え直し、表層引用と深層作用ともいうべきいささか次元の異なる引歌表現が、帚木・空蝉巻で交差する現象として捉えられると説いた[7]。

しかしながら、冒頭の歌と空蝉物語には、方違え、薄衣の移り香などといった状況や素材の類似性のみならず、河添氏の指摘する表層的な類似性としては済まされないようなものがあるのではなかろうか。というより、あまりにもあからさまな表層的な類似性に目配りを止めることで、この歌自体

---

3) 玉上琢弥氏の『源氏物語評釈一』(角川書店、一九六六)は、帚木の巻は「園原や伏屋におふる帚木のありとは見えてあはぬ君かな」という古歌により、次の空蝉の巻は「空蝉のはにおく露のこがくれてしのびしのびにぬるる袖かな」の物語化と捉えている。
4) 藤岡忠美「源氏物語の源泉Ⅱ和歌」(『源氏物語講座 第八巻』有精堂、一九七二)
5) 尾崎知光「源氏物語に於ける引歌表現」(『源氏物語私読抄』笠間書院、一九七八)p.161
6) 鈴木日出男「引歌の成立」(『古代和歌史論』東京大学出版会、一九九〇)p.781
7) 河添房江「源氏物語の引歌の位相」(『源氏物語表現史』翰林書房、一九九八)p.511-512

が持つ表現的な面と空蝉物語のそれとの関連性について見落としてしまうのではなかろうか。すなわち、巻全体の引歌としての可能性を探る問題とは別の次元で、あくまでも両作品の表現的な繋がりをもって、新たなる物語の文脈を読むことはできないのであろうか。本稿ではそのような試みの一つとして、改めてこの歌と空蝉物語との表現的な重なりについて考察したいと思う。

## II.「移り香濃くも匂ひぬるかな」

冒頭の歌の方を一読してみると、まず「薄けれど」と「濃く」との対比・照応が著しく、緊密な響きあいの中で全体的に『古今集』の典型的な表現をなしていることが窺える。しかし、興味深い点は、対比・照応の極致を見せていると思われる「薄けれど」と「濃く」の、その対比・照応の仕組みにおける感覚のずれである。というのは、この歌に用いられている「薄けれど」は、勿論「蟬の羽の」ような「夜の衣」の形容で、触覚とも関連があるものの、結局は視覚的な範疇に入るものであろうが、「濃く」は「移り香」のことで、明らかに嗅覚的なものであるからである。そもそも、「薄し」とは、ものの厚みや濃度の少なさを表現する言葉で、色などの場合なら「濃し」がその対語であろうが、「衣」の場合なら、「厚し」がその対語に該当するのであろう。しかし、言葉の危うい対比にもかかわらず、何の抵抗も感じさせることなく全体的に言葉の奥から照応する、むしろ両感覚がずれているからこそ、両感覚が互いに刺激しあい、共に強烈に鮮明化され、ひいては「夜の衣」の「蟬の羽」のような肌触りさえ感じさせてやまない全感覚的な歌の表現を築き上げているのである。

従って、この歌は、上三句と下二句の表現的対比が全体的な主題とどのように繋がっているのかに、その解釈の焦点が置かれていると言えるが、まず上三句の意味をいかに捉えるべきであろうか。近世の注釈書などをひもとくと、『古今和歌集打聴』などは詠歌の時期が夏であることに注目しているが、『古今余材抄』の方は「蟬の羽のよるの衣とは、かのあるじまづしかりけるとみえて、いたりてうすき心なり」として、衣を貸してくれた主人が貧しかったから衣が薄いのである、と想定している。このような『古今余材抄』の見解には、納得できかねる面があり、宣長の批判を招くことになったのも当然のことと思われるが、とはいえ、『古今和歌集打聴』や『古今集遠鏡』のように、ただ夏であったから衣が薄いのであると捉えるべきであろうか。

ところで、作者の友則には「寛平御時后宮歌合」や『新撰万葉集』の夏の巻頭に置かれ、『古今集』では恋四に採られている次のような名高い歌がある。

蟬の声きけばかなしな夏衣うすくや人のならむと思へば

(恋四・七一五・友則)

そもそも、蟬の歌の場合、主としてその鳴き声の方が詠歌における関心の対象になって、例えば『万葉集』の唯一の用例である大石蓑麻呂(巻十五・三六一七)の歌や、『和漢朗詠集』巻上の夏の「蟬」に収められている歌群、また上の用例を除く「寛平御時后宮歌合」の三首の用例など、いずれもその「鳴き声」が詠歌の対象になっている。勿論、上の友則の歌も蟬の鳴き声にまず関心を寄せているが、但し、それが「夏衣薄し」に転換されていって、全体的に人の心の移ろい、人の薄情さを述べる表現になっている点に歌の眼目があったと思われる。従って、『古今集』の撰者達が夏歌として扱わずに恋歌に収めたのも十分納得できるほど、人事的な面が濃厚な歌であると言えようが、その人事的な面を支えているのが、「薄し」を通して人の心の薄情さを響かせた表現であると言えよう。佐田公子氏は、上の友則の歌について、蟬の声を悲しみながら、身に付けた薄い衣を詠じている点などが白詩の発想に近いと捉え、なお、白詩や上の歌の発想の基盤にあった「蟬の羽薄し」を、和歌表現の前面に押し出したのが、冒頭の友則の雑上の歌であると指摘しているが[8]、共に友則の歌である点のみならず、二首の発想の基盤には、確かに相通じるものがあると思われる。従って、冒頭の歌の「蟬の羽の夜の衣はうすけれど」は、単に詠歌の時期を示すものに止まらず、人の心の問題を取り込んだ表現である可能性が認められると思われる。

ところで、下二句の方を見ると、まず注目すべき用語として「移り香」が挙げられる。「移り香」は、薫きしめた香が、他の物にしみ移っている香で、勅撰集の中で、『古今集』は勿論、他の三代集にも殆ど見られず、『後拾遺集』あたりからしばしば見られるようになった歌語である。勿論『古今集』には、「移り香」そのものではないものの、歌の心は移り香を詠んだ用例がかなり見出せる。漢詩文の影響や、平安時代から人々の生活に定着しはじめた薫香への好尚と深く関わり、『古今集』には、人の香や衣服の香を詠んだ用例が十三首にも及ぶ[9]。但し、薫物の香を詠んだ十三首は、この友則の歌を除いては、全て自然詠で(春上七首・夏一首・秋四首)、しかもこの友則の歌を除いては、全て衣服の香に花の香を絡ませていて(梅七首・花橘一首・女郎花一首・藤袴三首)、純粋に人の衣服の香を詠んだ当該歌とは、やや趣を異にしている。

---

8) 佐田公子「蟬の羽の夜の衣は薄けれどー古今和歌集雑歌上876番歌の位置ー」(『和歌文学研究』第七十八号、一九九九・六)p.3-6

9) 「にほふ」や「香」と共に、「袖」という歌語を含めている五首(三二・三三・四六・四七・一三九番歌)、「藤袴」関連の三首(二三九・二四〇・二四一番歌)、「夜の衣」の「移り香」を詠んだ友則の歌などが、歌語から見て明らかに衣服の香を歌の表現に取り込んでいる例で、その他、「待つ人の香」や「人のとがむる香」などの歌の表現から衣服の香との関連が認められる二首(三四・三五番歌)、女郎花に女性のイメージを重ねて女性の薫物の香を詠んだと捉えられる二三四番歌、解釈によって袖の香とも取れる四八番歌などがある。

一方、三代集の唯一の用例であるこの「移り香」の問題を考えるため、便宜的に、『源氏物語』の「移り香」の用例を一瞥してみると、例えば、「ありつる扇御覧ずれば、もて馴らしたる移り香いとしみ深うなつかしくて[10)]」(夕顔①一三九)「若き人の御心にしみぬべく、たぐひ少なげなる朝明の姿を見送りて、なごりとまれる御移り香なども、人知れずものあはれなるは、ざれたる御心かな」(総角⑤二八四)「なごりをかしかりし御移り香も、まだ残りたる心地して」(東屋⑥八三)など、恋愛の場面と関わり深い用例が頻出している。片桐洋一氏もこの点に注目し、『源氏物語』の「移り香」は、「男が女の移り香を、女が男の移り香をめでる場合に言うもの」と捉え、冒頭の友則の歌の場合も、女の「移り香」であった可能性が大きいとして、詞書における「主」について、「女主」と見てこそ、「移り香濃くもにほひぬるかな」が生きてくると指摘している[11)]。『源氏物語』の用例における「移り香」の恋愛情緒性や、既に触れたように、上三句の、特に「薄けれど」に込められている「薄情」の問題などを照らし合わせてみると、確かに恋歌的な趣が濃厚な歌と思われるが、しかし、この歌が「雑上」に採られているのはなぜか。

ここで問題なのが、下二句の「移り香濃くも匂ひぬるかな」が何を意味するかであろう。近世の注釈書は、「其人がらをほむる也」(『古今和歌集打聴』)「芳心のふかき」(『古今余材抄』)などと注を施し、大体において、「移り香濃くも」を相手の心の問題と関連づけて、「夜の衣」を貸してくれた主に対する感謝の気持ちを、相手の人柄を誉める表現を通して表したと捉えているようであるが、そのような見解に対して、まず異論はない。

というのは、純粋な意味での嗅覚表現ではなく、より精神的な意味でのそれが、上代文学においてしばしば見られるからであるが、精神的な香の問題を説いた様々な論の中で、上野理氏の指摘がある。上代の「か(香)」の用

---

10) 『源氏物語』の引用は、新編日本古典文学全集『源氏物語①～⑥』(小学館)の本文により、その巻数と頁数を示す。
11) 片桐洋一『古今和歌集全評釈 下』(講談社、一九九八)

例の中で花の香が少なく、におうとは思えぬ榊・朝霧・火・泉などの、上代の人の信仰に関するものが多く見られる点から、上代における「か」とは単に嗅覚による知覚や評価の表象ではなく、あるものから発する精気やけわいに近いものであるとした氏の論は極めて的確であるが、氏は、その一方で、『古今集』になって香を詠んだ歌が急激に増加したのは、神に属した芳香が人間のものとなり、嗅覚が神々の呪縛から解放されたからであると指摘した[12]。しかし、「香」というのが単に嗅覚による知覚や評価の表象ではないと想定した氏の論には大いに納得できるとしても、『古今集』になって、古代的な発想から自由になり、人間の感性が解放されたと果たして言えるのであろうか。言い換えれば、この友則の歌の「移り香」は、勿論薫物の香、すなわち純粋な意味での嗅覚的な香であろうが、それと共に、より精神的な香、全感覚的な香、古代的発想の香でもあって、「移り香濃くも匂ひぬるかな」には、相手の人柄や気配に触れる感動が封じ込められているのではあるまいか。

ここで改めて冒頭の歌の表現を全体的にながめ直すと、上三句において、相手の薄情への密かな嘆きを仄めかし、恋歌的な趣を呈しながら、その一方で、下二句においては、相手の香を誉めることで、相手の人柄を誉める表現をなしていると言えよう。しかし、問題は、一見相反する、相手の薄情に対する嘆きと相手の人柄への賛美が、如何にして一つの主題に繋げられるかという点にあると思われる。すなわち、衣を貸してくれた主に対する感謝の歌の中で、相手の心に対する密かな嘆きを含む前半部の表現がどうして必要だったのかという点である。すると、やはりこの歌は男女関係の問題を仄めかす歌で、但し、その嘆きは、相手に、より以上のものを求めているにもかかわらず、相手の愛情のほどがそれには及ばないということに基づいた性質のものであると見るべきであろう。そして、歌の後半部は、

12) 上野理「花と香と歌」(『後拾遺集前後』笠間書院、一九七六)p.37-40

にもかかわらず、相手の人柄に惹かれざるを得ない作者の感動を表現したもので、全体的には男女関係を越えた表現をなしていると言えよう。上三句と下二句の表現的対比が、内容においても、言葉の奥から照応できたのは、相反する心情を抱えながらも、結局のところ、相手の人柄そのものに対する感動に昇華されたからではなかろうか。

## Ⅲ. 空蟬物語ー「いとなつかしき人香」

周知のように、空蟬物語の構成は、三度にわたる紀伊守邸訪問を中心に展開されている。その中には、非常に大事な場面の一つとして、大変手の込んだ「かいま見」の場面が設定されている。三度目の訪問の際、源氏が空蟬と軒端荻の姿をかいま見るのがそれである。

> いと白うをかしげにつぶつぶと肥えてそぞろかなる人の、頭つき額つきものあざやかに、まみ、口つきいと愛敬づき、はなやかなる容貌なり。髪はいとふさやかにて、長くはあらねど、下り端、肩のほどきよげに、すべていとねぢけたるところなく、をかしげなる人と見えたり。むべこそ親の世になくは思ふらめと、をかしく見たまふ。心地ぞなほ静かなる気を添へばやとふと見ゆる。・・・(中略)・・・すこし品おくれたり。
>
> たとしへなく口おほひてさやかにも見せねど、目をしつとつけたまへれば、おのづから側目に見ゆ。目すこしはれたる心地して、鼻などもあざやかなるところなうねびれて、にほはしきところも見えず。言ひ立つればわろきによれる容貌を、いといたうもてつけて、このまされる人よりは心あらむと目とどめつべきさましたり。
>
> (空蟬①一二〇～一二一)

源氏の目線に沿って、二人の姿が様々な形で比較されているが、要するに、色白で肉感的で、親の自慢の娘である軒端荻に比し、空蟬の方はあまり見栄えもしないし、はっきり言って美人ではないということであろう。この場面の印象は源氏の心に深く刻印されたらしく、後に「かの空蟬の、うちとけたりし宵の側目には、いとわろかりし容貌ざまなれど、もてなしに隠されて口惜しうはあらざりきかし」(末摘花①二九七)として、再びその「わろき」容貌が思い出される。

そもそも、空蟬は、中納言の位までに至った亡父を持ち、若き日には入内の話も進められたというが、現在は高齢の伊予介の後妻に納まっている女君である。源氏との身分的な不釣合は言うまでもないことであるが、上の引用文を見ると、既に盛りの時期も過ぎ、しかも、もともと入内を云々されるほどの美人であったかどうか、定かではない。若くて美しすぎる人妻だったらまだしも、果たして、十七歳の貴公子光源氏を夢中にさせるほどの魅力を備えていると言えようか。しかし、「言ひ立つればわろきによれる容貌」にもかかわらず、誰しも目を引きつけられるに違いないと、源氏は空蟬の姿に感動し、それが最後の「心あらむと目とどめつべきさま」に収斂されている。美しさ・若さという点で勝っているはずの軒端荻に比して、空蟬の方は、その嗜みのよさ、すなわち、精神的・内面的な美しさによって評価されているのである。美人ではないが、にもかかわらず、その内面的な美質によって、どうしても引きつけられてしまう、という発想こそ、空蟬物語の独自性を考えるための大事な文脈をなしていると言えよう。

一方、その後、寝所に忍び入る源氏の気配を早くも察知した空蟬が、薄衣を残したまま一人逃れ出てしまう劇的な場面が続くのであるが、その薄衣に関して、物語では次のように語られている。

> ありつる小袿を、さすがに御衣の下にひき入れて、大殿籠れり。…(中略)…しばしうち休みたまへど、寝られたまはず。御硯いそぎ召して、さしはへたる御文にはあらで、畳紙に手習のやうに書きすさびたまふ。

空蟬の身をかへてける木のもとになほ人がらのなつかしきかな
と書きたまへるを懐にひき入れて持たり。かの人もいかに思ふらんといとほしけれど、かたがた思ほしかへして御ことつけもなし。かの薄衣は小袿のいとなつかしき人香に染めるを、身近く馴らして見ゐたまへり。

（空蟬①一二九～一三〇）

引用文に見える源氏の手習歌は、空蟬の呼称の由来にもなった有名な歌であるが、上三句と下二句の間を繋ぐ「なほ」は、源氏の心中を的確に捉えた言葉として、二重の文脈を重ね合わせて読むべきであろう。まずは、逃げられても、それでもやはり執着を断ち切ることができないとして、直接的には「なつかしきかな」に関わっている。しかし、それと同時に、直後の「人がら」と結びつけても解釈できると思われる。すなわち、抜け殻(薄衣)を残していった空蟬の「人柄」の方が懐かしく思われるとも解釈できるのであろう。すると、ここでの「人柄」は物語の文脈とどのような関わりを持っているのであろうか。これは、あの「かいま見」における源氏の感動と関わっているのではなかろうか。

「かいま見」の場面で空蟬は不美人な女君として描かれていたが、にもかかわらず、源氏は空蟬の姿に感動し、その感動を「心あらむ」という言葉で表現していた。すなわち、「かいま見」の場面によって、空蟬の美質が、引き立て役の軒端荻のような外面的な美しさではなく、内面的・精神的なものであったことが確認されたのである。従って、源氏の手習歌の「なほ人がらのなつかしきかな」は、物語の文脈の中で、「かいま見」の場面が設定されたからこそ成り立っている表現で、「なほ」は、美人ではないが、その人柄の方がやはり懐かしく思われる、と解釈できるのであろう。

一方、引用部分の中で、特に注目したいのは、地の文に見られる「いとなつかしき人香」とある「人香」という言葉である。玉上琢弥氏は、この部分に用いられた「いとなつかしき人香」について、「香ばかりではない。夏のこととて汗のにおいもあるであろう・・・この肉感は田山花袋の自然主義小説『蒲団』に負けない」と指摘している[13]。林田孝和氏も空蟬の体臭や香の染みついた衣に対する光源氏の異様なまでの執着ぶりから、『蒲団』が想起されるとしている[14]。両氏が指摘しているように、確かに、このあたりの叙述から、嗅覚独特の官能的なものを読めるかも知れない。「ありつる小袿を、さすがに御衣の下にひき入れて、大殿籠れり」「いとなつかしき人香に染めるを、身近く馴らして見ゐたまへり」などの叙述を見ると、「源氏の倒錯的なエロスが立ちのぼってくる瞬間[15]」とまでは言えないとしても、確かに肉感的な場面の一つとして挙げられるのであろう。しかし、「いとなつかしき人香」は、果たして、肉感そのものに終始するものであったのか。というより、肉感そのものとして読むことで、空蟬という女性の内面的な美質に対する源氏の執着を見落としてしまうのではなかろうか。

空蟬の薄衣は、空蟬の分身そのものとして、満たされなかった源氏の思いと共に、空蟬の奥ゆかしき人柄に触れる源氏の感動も象徴的に表現している。従って、ここでの「人香」は、純粋な意味での嗅覚表現であると同時に、単に嗅覚的範疇に終始する性質のものではなく、その人の人柄を含めた、全感覚的な気配に近いもので、「かいま見」における源氏の感動と照応していると思われる。だからこそ、源氏の歌の中での「なほ人がらのなつかしきかな」が奥行き深い表現として生きてくるわけである。

空蟬物語は、勿論、恋の物語である。恋の物語の女主人公なら、えもいわれぬ美人の方が、よりふさわしいのかも知れない。しかし、空蟬の美質は「心あらむ」と「いとなつかしき人香」などの表現が端的に表しているように、外面的な美貌を越えたところで捉えられる。より以上のものを求めてい

---

13) 玉上琢弥『源氏物語評釈一』(角川書店、一九六六)
14) 林田孝和「空蟬の薄衣」(『むらさき』、一九九二・十二)p.65
15) 小嶋菜温子「空白の身体ー空蟬と光源氏ー」(「国文学 解釈と鑑賞」別冊『人物造型からみた『源氏物語』』、一九九八・五)p.67

るにもかかわらず、男女関係を拒み続ける薄情な女性、にもかかわらず、惹かれざるを得ない内面的な美質を備えている女性、それが空蟬という女君なのである。空蟬物語が極まるこの場面で、青年光源氏の官能が最もあらわに表現されていると同時に、既にそれが内面化し始めているのである。

後に空蟬は逢坂の関で源氏と運命的に再会、またその後には尼姿になって二条東院に迎えられる。始終、源氏の求愛を拒みながら、結局は彼に引き取られたこの結末にあまり違和感を覚えないのは、単に、彼女が既に出家して男女の問題から解放されたから、あるいは、出家後の苦境に陥っている空蟬をそのまま見過ごす光源氏ではないから、のみではない。空蟬と源氏との関係が、男女の問題が極まるところで、既にそれを越えた人間関係として昇華する兆しを見せているからである。不美人であったにもかかわらず、末摘花のように、源氏の嘲笑に晒されることもなく、最後まで思慮深い一人の人間としてそのあり方が語られていく以後の文脈は、恐らく「いとなつかしき人香」において、既に予感されていると言えよう。

## Ⅳ. 芳香と人柄

改めて、『古今集』の友則の歌と、空蟬物語の表現的な関連性について考えてみたい。まず、『古今集』の歌は、純粋な意味での嗅覚表現を用いながら、それを通して相手の人柄を表象している。そして、相手に、より以上のものを求め、その薄情さを密かに仄めかしながらも、それが人間そのものに対する感動に昇華されていく。空蟬物語がまさにそうである。源氏は、男女関係を拒み続ける空蟬の強情さを恨みながら、にもかかわらず、その精神的な美質に惹かれざるを得なかった。このようにみると、冒頭でも触れた両者の状況や素材の類似性のみならず、その奥の表現的な重なりにも注目すべきものがあると思われる。そして、それを念頭において空蟬物語を読むと、「いとなつかしき人香」から、嗅覚的な肉感と共に、空蟬の人柄に触れる源氏の感動をより印象深く読めると思われる。

以上のように、空蟬物語を対象に具体的に考察してみたが、枚挙にいとまのないほど登場する『源氏物語』の香の用例の中には、限りなく持ち主の人柄に近い香、あるいは持ち主そのものとして表現される場合がしばしばあり、そのような方法は物語が奥行きのある人物を造型するために有効に用いられている[16]。端的な例として、末摘花を挙げることができよう。没落王族で、容貌にも恵まれなかった彼女が、その黒髪と共に、数少ない美質の一つとして備えたのは、その香の嗜みのよさであった。それは、没落したとはいえ、宮家である彼女の存在を辛うじて証明してくれると共に、彼女の人柄の象徴としてしばしば表現されているのである[17]。

しかし、そのような方法が『源氏物語』の中で有効なものであり得たのは、既に検討してみたように、『古今集』の友則の歌などの、和歌的な表現と深く関わっていることを忘れてはならないのであろう。要するに、空蟬物語の、「いとなつかしき人香」という表現的な達成は、和歌の中から育まれたものによって、はじめて可能であったものと考えられるのである。上代文学に見られる古代的な発想の「香」と、『古今集』時代になって和歌の中に本格的に登場する純粋な意味での「香」が、一首の中で同時に表現されている友則の歌を、空蟬物語の「いとなつかしき人香」と関連づけて、その表現的な重なりを考察してみた意義はまさにそこにあったと言えよう。

---

16) この点に関しては、三田村雅子氏の「方法としての＜香＞ー移り香の宇治十帖へー」(『源氏物語 感覚の論理』有精堂、一九九六)の読みに示唆される所が多かった。但し、三田村氏は、「いとなつかしき人香」について、「入内への夢破れ、受領の妻として生きる空蟬の女君の、抑圧された思いを、光源氏は、衣に染みた「いとなつかしき人香」によって嗅ぎとり、汲み取っている」と捉えており、本稿と立場を異にしている。p.180

17) 瀬戸宏太「源氏物語の薫香ー末摘花と紫上をめぐってー」(『国語と国文学』、一九九二・九)

# 第5章
## 浮舟物語における嗅覚表現
### ー「袖ふれし人」をめぐってー

## I．回想と嗅覚表現

ドイツの精神病理学者H．テレンバッハは、カント以来、「精神に遠く」「身体に近い」ゆえに「低次の感覚」と軽視されてきた嗅覚と味覚が、まさにその同じ理由によって「雰囲気的なもの」を媒介として、人と人の最も根源的な触れ合いを支えてきたと説いている1)。「雰囲気的なもの」とは、我々の感官の殆どあらゆる経験の中にありながら、にもかかわらず、表現されずにとどまっている「より以上のもの」で、嗅覚や味覚などは、より身体的、雰囲気的な感覚としての特質から、他者との非言語的な出会いを可能にしていると捉えているのである。特に嗅覚に関して考えてみると、確かに嗅覚は、規定や言語化が困難で、非常に身体的な感覚であると思われる。しかし、だからこそ、他ならぬ言語によって成り立っている文学作品において、いわゆる「より以上のもの」として、しばしば、奥行深い表現に堪えているのであろう。

嗅覚が文学作品の中で果たす様々な効果の中でも、とりわけ注目したいと思っているのは、香りにまつわる記憶が過ぎ去ったものへの回想を呼び起こす重要な契機になっているということである。ものの香は、待ち人の訪れ

---

1) HubertusTellenbach ／宮本忠雄・上田宣子共訳『味と雰囲気』(みすず書房、一九八〇、原著は一九六八年刊)

を期待させる一方で、あるべきものの不在・欠落を際だてるものでもあるが、特に後者の働きによって、自ずと回想を呼び起こすよすがにもなる。山縣熙氏は、このような嗅覚の特質と記憶想起の様態について次のように述べている。

> 言語化から最も遠いところにある嗅覚は、一方では、言語として、従って客観的に、記憶することのきわめて困難な感覚であるが、他方、身心未分化の状態での、体感覚としての嗅覚は、体の奥底に、言語を媒介することなく記憶の痕跡をとどめ、元の香りとの出会いによって、その記憶を無意識の奥処から一挙に甦らせる。この記憶の蘇生は、すでに述べたように、言語を媒介とせず、直接、体感覚を刺激するもので、従って論理を欠くが、逆に強度において優れ、生き生きとしたものとなる[2)]。

嗅覚が非常に身体的な感覚であることは冒頭で触れた通りであるが、上の引用文で山縣氏が注目しているのは、「体感覚」とも呼べる嗅覚独特の性質が記憶想起の仕組みにどのように関わっているかである。そもそも、記憶というのも、きわめて身体的なものであろうが、だからこそ、嗅覚表現は、回想の場面において有効な一つの方法であると言えよう。『源氏物語』にも、かつての恋人を無意識的に、なおかつ官能的に思い出す場合に、嗅覚表現がしばしば用いられているが、その端的な一例を浮舟物語においてかいま見ることができると思われる。

## II.「袖ふれし人こそ見えね」

出家した浮舟が清澄な心境下に新年を迎える姿を物語は次のように語っ

---

2) 山縣熙「第三感覚＝匂いの美学のために」(『思想』、一九九三・二)p.64

ている。

年も返りぬ。春のしるしも見えず、凍りわたれる水の音せぬさへ心細くて、①「君にぞまどふ」とのたまひし人は、心憂しと思ひはてにたれど、なほそのをりなどのことは忘れず、

②かきくらす野山の雪をながめてもふりにしことぞ今日も悲しき

など、例の、慰めの手習を、行ひの隙にはしたまふ。我世になくて年隔たりぬるを、思ひ出づる人もあらむかしなど、思ひ出づる時も多かり。若菜をおろそかなる籠に入れて、人の持て来たりけるを、尼君見て、

山里の雪間の若菜つみはやしなほ生ひさきの頼まるるかな

とてこなたに奉れたまへりければ、

雪ふかき野辺の若菜も今よりは君がためにぞ年もつむべき

とあるを、さぞ思すらんとあはれなるにも、「見るかひあるべき御さまと思はましかば」と、まめやかにうち泣いたまふ。

閨のつま近き③紅梅の色も香も変らぬを、④春や昔のと、⑤こと花よりもこれに心寄せのあるは、⑥飽かざりし匂ひのしみにけるにや。後夜に閼伽奉らせたまふ。下﨟の尼のすこし若きがある召し出でて花折らすれば、かごとがましく散るに、いとど匂ひ来れば、

⑦袖ふれし人こそ見えね花の香のそれかとにほふ春のあけぼの[3]

(手習⑥三五四～三五六)

新年とはいえ、春のきざしも見えない小野の風景は、自ずと浮舟の荒涼たる心象風景でもあろうが、凍りつめた谷川の流れの音も聞こえず、しんしんと静まりかえった瞬間に、浮舟は、はじめて匂宮との恋の回想に身を委ね、こみ上げてくる追想の情を手習歌に表現している。①の「「君にぞまどふ」とのたまひし人」は、勿論匂宮で、続く「なほそのをりなどのことは忘れず」の「をり」は、匂宮と浮舟が宇治川の対岸の隠れ家で過ごした耽溺の二

3) 源氏物語の引用は『新編日本古典文学全集』(小学館)の本文により、その巻名、巻数及び頁数を示す。

日間の中でも、「雪の降り積もれるに、かのわが住む方を見やりたまへれば、霞のたえだえに梢ばかり見ゆ」(浮舟⑥一五四)から始まる場面を指していると思われる。その時、匂宮は「峰の雪みぎはの氷踏みわけて君にぞまどふ道はまどはず」と手習歌を書き、浮舟に対する恋情を表現したものだ。その日の記憶は、ちょうど一年が経った今、小野の凍りつめた谷川の静けさと、雪の日の景によってふと甦り、もはや出家して尼姿である浮舟に冒頭の②の歌を詠わせているのである。

出家した身であるにも関わらず、「行ひの隙」に「慰めの手習」をせざるを得ない浮舟の姿に、浮舟にとっての出家の意味が改めて問われなければならないと思われるが、しかし、このような場面が語られうるほどに、浮舟がある程度落ち着きを取り戻し、やっと過去と向かい合うことができたとも考えられる。そもそも、入水の後の浮舟がかつての恋人である匂宮を恋の甘美な対象として回想する場面は殆ど語られず、出家直前、自分の不幸な半生をまざまざと振り返っている場面でさえ、薫に対しては「はじめより、薄きながらものどやかにものしたまひし人は、このをりかのをりなど、思ひ出づるぞこよなかりける」と思い出しながらも、匂宮に対しては「こよなく飽きにたる心地す」(手習⑥三三一)として、はっきりと思い放ったかのように見えたのである。

しかし、新年を迎え、あらゆる過去から決別したはずの浮舟が、「心憂しと思ひはてにたれど」と匂宮のことを思いながらも、ふとこみ上げてくるもう一つの「過去」と対面せざるを得ない。このような過ぎ去った日々の恋の回想は尼君とのやりとりで、一時画面の後ろに姿を消したかと思うと、今度は「後夜」の勤行の際、ほのかに匂う「紅梅」の香りによってより鮮明な形で甦り、「閨」という言葉が象徴しているかのように、恋の回想が続くのである。引用文の前半の回想が「心憂しと思ひはてにたれど」という思惟を伴うものであるならば、今度は思惟さえ入る余地のない、無意識の中から一挙に掬い上げられた浮舟の心情で、ここに冒頭で触れた「体感覚」としての嗅覚が有効に働いていることが認められるであろう。

改めて冒頭に引用した回想の場面の、特に後半の方を見ると、まず、浮舟の恋の回想を再び呼び起こしているのは、③の「紅梅の色も香も変わらぬを」の部分で、それが④の「春や昔の」と照応している。もはや墨染めの尼姿になっている浮舟に対して、昔ながらの紅梅の色と香が、懐旧のよすがとして用いられている。『古今集』の業平の歌の投影は明らかであるが[4]、但し、業平の歌の詞書によれば、詠歌の背景は「梅の花盛り」であって、この場面のように、紅梅と明らかに限定されたわけではない。ここで特に「紅梅」であることの意味にこだわるのは、この部分が⑤の「こと花よりもこれに心寄せのあるは」と⑥の「飽かざりし匂ひのしみにけるにや」と絡んで、一層複雑な文脈をなしているからである。すなわち、ここで、懐旧のよすがとして選ばれた紅梅は、『古今集』の業平の歌からの連想や、単なる実景の意味のみならず、浮舟が他の花よりも紅梅に心惹かれるからであると、そしてその理由は「飽かざりし匂ひ」の染みついたせいであると、語り手は推測している趣である。

浮舟が紅梅に特に心惹かれるというのは、物語初出の事柄であると思われるが、その理由として語られている⑥の「飽かざりし匂ひのしみにけるにや」はどのように捉えるべきであろうか。まず、一つの手がかりとして考えられるのは、この部分が『拾遺集』の具平親三の「飽かざりし君がにほひの恋しさに梅花をぞ今朝は折つる」(雑春・一〇〇五)を引歌として語られている点である。すなわち、ここでの「飽かざりし匂ひ」とは、梅そのものの馥郁たる

4) 「月やあらぬ春や昔の春ならぬわが身ひとつはもとの身にして」(古今・恋五・業平)、詞書は「五条后宮の西の対に住みける人に、本意にはあらでもの言ひわたりけるを、正月の十日余りになむ、ほかへ隠れにける。在り所は聞きけれど、えものも言はで、又の年の春、梅の花盛りに、月のおもしろかりける夜、去年を恋ひてかの西の対にいきて、月の傾くまであばらなる板敷に臥せりてよめる」とある。

香りのみならず、その香りによって甦る「誰か」の「匂ひ」に他ならないのであり、またその「匂ひ」は「しみにけるにや」と語られるほど、切実な対象のものであったはずである。すると、当然匂宮か薫がその対象になると思われるが、果たしてそのいずれであろうか。また、続く浮舟の歌の中に見られる「袖ふれし人」は誰を指しているのであろうか。古注以来見解が分かれているところであるが[5]、近代の注釈書がやや匂宮に傾いている中で、歌ことばの具体的な考証を通して薫説を唱えている近年の高田祐彦氏の論が異彩を放っている[6]。本稿はその高田氏の論に導かれつつ、それと同時に、本稿の冒頭で触れた嗅覚独特の表現性にも注目しながら、手習巻の一節の問題について改めて考察してみたいのである。

ちなみに、両方の可能性を探る見解も少なくない。浮舟にとっての匂宮と薫の本質的な同一性が示されるとして、両者説をとる池田和臣氏[7]や三田村雅子氏の論[8]などがそれである。例えば、三田村氏は、「どちらかの男君に一義的に限定するのではなく、そのどちらかでもありうるという<揺れ>それ自体を楽しむ読みがここに示されている」とし、田舎育ちの浮舟にとって香の識別は困難なことで、「むしろ浮舟にとって、薫・匂宮は渾然一体となって、都の憧れの貴公子の香を持った存在だったのであり、ここで浮舟がまざまざと思い出しているのも、そのような貴公子に愛されていた浮舟自身の夢のような陶酔の日々の記憶だったのではないだろうか」としている。確かに魅力的な見方ではあるが、匂宮は別としても、薫との時間を浮舟が「夢のような陶酔の日々の記憶」として捉えているかどうかにはやはり疑

---

5) 薫説に、湖月抄、匂宮説に、弄花抄があり、また両説並記に細流抄、孟津抄、岷江入楚などがある。
6) 高田祐彦「浮舟物語と和歌」(『国語と国文学』、一九八六・四)p.34
7) 池田和臣「手習巻物怪攷ー浮舟物語の主題と構造ー」(『源氏物語の人物と構造』笠間書院、一九八二)p.179
8) 三田村雅子「方法としての<香>ー移り香の宇治十帖へー」(『源氏物語 感覚の論理』有精堂、一九九六)p.210-212

問が残る。しかし、両者説に最もためらいを覚える理由は、この新年の断章の後半が、無意識の奥から、香りを媒介にして過去の恋人の香りを一挙に思い出している場面であるからである。その香りは、「こと花よりもこれに心寄せのあるは、飽かざりし匂ひのしみにけるにや」などの表現からも窺えるように、特定のものであったはずで、しかも、無意識的に掘り起こされた過去と面と向かい合っている浮舟が、二人の香りを念頭において「袖ふれし人」の歌を詠じているとは思われないのである。むしろ、ここでは冒頭で触れた嗅覚独特の表現性に注目しながら、入水や出家を経て、浮舟が辛うじて至った心境がどのようなものであったかを追求すべきではなかろうか。そもそも、「袖ふれし人」が匂宮か薫か、ということを物語の文脈に即して考えることと、最初から両方を意識して詠まれたと捉えることは、明らかに位相を異にしていると言えよう。

従って、この場面における「袖ふれし人」が誰であるかの問題を、主として高田氏の論を参考にしながら考えてみたいのであるが、その前提として、改めて匂宮と薫の芳香の問題を、特に「梅の香」と関連づけながら少し検討してみる必要があると思われる。

## Ⅲ.「梅の香」と「紅梅」

匂宮と「梅の香」との関わりについて考える前に、改めて匂宮という人物を物語の中で振り返ってみると、その存在が物語ではじめて語られるのは、若菜下巻においてであるが、誕生前の「御子二ところおはするを、またも気色ばみたまひて」(若菜下④一八二)や、誕生直後の「このたびの御子は、また男にてなむおはしましける」(若菜下④二七三)などの叙述を見る限り、最初から物語において重要な役割を担っていたとは思われない。匂宮が物語の中で段々具体的に描写されるようになったのは、横笛巻からであろうが、特に「三の宮三つばかりにて中にうつくしくおはするを、こなたにぞ、また、とりわきておはしまさせたまひける」(横笛④三六二)の部分を見ると、匂宮は紫の上の住む東の対に引き取られて養育されたようである。甲斐睦朗氏は、匂宮のみならず薫などについても具体的に描写されている横笛巻の叙述に注目し、匂宮が紫上に育てられることは薫との対立的設定の準備であると捉え、「この時点で少なくとも作者には第三部の構想ができていた」とし、「物語構想上の契機として、つまり、<女三の宮ー薫君>の系列に対峙するものとしての<紫上ー匂宮>の設定」であると指摘しているが[9]、第三部の構想の問題はともかくも、匂宮と紫の上との緊密な結びつきが物語の展開の中で顕著に窺えるのは確かであろう。

というのも、間近な自分の死を自覚した紫の上が、最愛の匂宮に二条院の紅梅と桜を形見として残したことが想起されるからであるが、これによって紫の上と匂宮との結びつきは決定的なものになる。この結びつきが決定的、なおかつ持続的なものであったことは、幻巻の様々な叙述のみならず、光源氏没後の世界にまで及んで、例えば匂宮巻の冒頭で「紫の上の御心寄せことにはぐくみきこえたまひしゆゑ、三の宮は二条院におはします」(匂宮⑤一七～一八)などと語られるところからも窺える。

従って、匂宮という人物を考える際、紫の上の形見の問題は欠かせないのであろうが、これらは、周知の通り、幻巻において「対の御前の紅梅とりわきて後見ありきたまふを」(幻④五二八)「かの御形見の紅梅」(幻④五二八)「まろが桜」(幻④五二九)などと語られ、紫の上の哀傷のよすがとして用いられる。しかし、御法巻で紅梅と一緒に形見として譲られた桜が、幻巻を最後に殆ど見られないのに対し、光源氏没後の三部の世界においても、

9) 甲斐睦朗「源氏物語の人物把握の一方法ー匂宮の人間像を中心にー」(『中古文学』七号、一九七一・三)p.12

匂宮と紅梅との結びつきが持続的に見られることには注目すべきである。それを物語の文脈に即して見ていくと、まず紅梅巻の次のような一連の叙述が参考になろう。

（Ⅰ）この東のつまに、軒近き紅梅のいとおもしろく匂ひたるを見たまひて、「御前の花、心ばへありて見ゆめり。兵部卿宮内裏におはすなり。一枝折りてまゐれ。知る人ぞ知る」

(紅梅⑤四七～四八)

（Ⅱ）枝のさま、花ぶさ、色も香も世の常ならず。「園に匂へる紅の、色にとられて香なん白き梅には劣れると言ふめるを、いとかしこくとり並べても咲きけるかな」とて、御心とどめたまふ花なれば、かひありてもてはやしたまふ。・・・(中略)花も恥づかしく思ひぬべくかうばしくて、け近く臥せたまへるを、若き心地には、たぐひなくうれしくなつかしう思ひきこゆ。

(紅梅⑤五〇～五一)

（Ⅲ）「さかし。梅の花めでたまふ君なれば、あなたのつまの紅梅いと盛りに見えしを、ただならで、折りて奉れたりしなり。移り香はげにこそ心ことなれ。晴れまじらひしたまはん女などは、さはえしめぬかな」

(紅梅⑤五四)

（Ⅰ)は、按察大納言が、紅梅に託して、匂宮に娘中君の婿として名乗りでる気があるかどうか打診する場面、(Ⅱ)は、大納言から送られた紅梅に対する匂宮の反応を語る場面、(Ⅲ)は、紅梅と匂宮をめぐって、大納言と真木柱が語り合う場面である。いずれも、宮の御方の御前の、色も香も具した紅梅が重要な契機になり、いずれも、その紅梅が匂宮と緊密に結びつけられて取り上げられている。

例えば、(Ⅰ)で、大納言は「紅梅のいとおもしろく匂ひたるを見たまひて」、匂宮のことを思い出し、(Ⅲ)でも、「紅梅いと盛りに見えしを、ただならで」として、再び言及されている。以前から匂宮を娘婿に望んでいた大納言ではあるが、この場面において、匂宮を思い出し、何かに託して匂宮に胸中を述べるため、物語の文脈はどうして紅梅という景物を要請したのであろうか。前後の文脈から見ると、『古今集』の「君ならで誰にか見せむ梅の花色をも香をもしる人ぞしる」(春上・友則)を下敷きにしている(Ⅰ)の「知る人ぞ知る」や、(Ⅲ)の「梅の花めでたまふ君なれば」などがその理由であろう。いずれも大納言の会話文に見られる表現であるが、(Ⅱ)の「御心とどめたまふ花なれば」という語り手の言葉を見ると、大納言の個人的な思いを越えて、物語の一般的な事柄として取り上げられていると言えよう。

そもそも、紅梅は和歌以外の文献にも九世紀以前には見出せなく、目立って歌われるようになったのは、古今集撰者の時代からであると言われているが[10]、「くれなゐに色をばかへて梅の花香ぞことごとににほはざりける」(後撰・春上・四四)という躬恒の名高い歌からも窺えるように、香りの面では、白梅に劣るというのが当時の常識であったらしく、(Ⅱ)で、匂宮が「園に匂へる紅の、色にとられて香なん白き梅には劣れると言ふめるを」と語っているのもそのような事情を反映していると思われる。但し、ここで取り上げられている「紅梅」は、匂宮の常識を覆すほど、色も香も具している紅梅である。大納言にとって見れば、自慢の我が子のイメージであろうし、匂宮にしてみれば、紅梅の持ち主で、かつてから思いを寄せていた宮の御方のイメージであろうが、それはいつの間にか匂宮自身のイメージに結びつけられてしまった印象を残すのである。しかも(Ⅱ)で「花も恥づかしく思ひぬべくかうばしくて」とあるのを見ると、匂宮と紅梅との関わりが、匂宮と紅梅の香との関わりにまで及んでいることが窺える。

---

10)『和歌植物表現辞典』(東京堂、 一九九四)

一方、色と香を具した紅梅との緊密な関係が認められる匂宮に対し、薫の方は、主として梅の「香」の方に関わる文脈に登場する人物である。早く小西甚一氏が「ずっと行動的な匂宮が紅梅に、したがって薫が白梅に配されている[11)]」と捉えたのも、そのような事情を反映すると思われる。というのも、既に触れたように、香りの面で、紅梅が白梅に劣るというのが当時の常識であったので、芳香の面で最も顕著な薫を、もし梅の花と関連づけて考えるならば、白梅の方が自ずと連想されがちであるからである。しかし、薫が白梅に配されているかどうかはともあれ、少なくとも、梅の「香」の方に常に関わっているのは確かで、その緊密な関係の端的な例として、次のような『古今集』の歌が参考になるかと思われる。

春の夜、梅の花をよめる
春の夜の闇はあやなし梅の花色こそ見えね香やはかくるる
(春上・四一・躬恒)

歌の表現から見て、上の『古今集』の歌の中に見える「梅の花」は白梅とも紅梅とも断定できない。闇の中で漂う「梅」の馥郁たる香りと言えば、香りの面で顕著な白梅のイメージであるが、「色」と「香」を対比させた趣向から言えば、紅梅であった可能性も払拭できないからである。しかし、いずれにせよ、ここで賞美されている梅の花の美質が、色よりも、その馥郁たる香りの方であったことは間違いないのであろう。完訳日本の古典『源氏物語』(小学館)の「引歌一覧」によると、この歌は『源氏物語』の六箇所において引歌として用いられているが、若菜上巻で源氏の香として引歌されている他は、全て三部において用いられているし、しかも、殆ど薫の香りを賛美するために用いられていることが窺える。例えば、六条院での賭弓の還饗の場

11) 小西甚一「源氏物語のイメジェリ」(日本文学研究資料叢書『源氏物語Ⅰ』有精堂、一九六九)p.227

面での「闇はあやなく心もとなきほどなれど、香にこそげに似たるものなかりけれ」(匂宮⑤三四～三五)や、竹河巻の「人はみな花に心をうつすらむひとりぞまどふ春の夜の闇」(竹河⑤七三)「闇はあやなきを、月映えはいますこし心ことなりとさだめきこえし」(竹河⑤九八)などの表現に用いられているが、いずれも視覚的には捉えがたい美質、隠しようもない薫の芳香のすばらしさを、女房達が賛美する表現に用いられている。従って、匂宮が紅梅と緊密な関わりを持っているのに対し、薫は、紅梅や白梅などの、梅の種類より、梅の「香」それ自体の方に常に関連づけられて語られていると言えよう。

## Ⅳ.「なごりをかしき御移り香」

近年の論の中で、特に高田祐彦氏が「飽かざりし匂ひ」及び「袖ふれし人」に対して薫説を唱えていることに関しては既に触れた通りであるが、高田氏が薫説を唱えている根拠について簡単に触れてみると次のようである。

まず、手習巻の場面で、浮舟は匂いによって誰かを思いだしているが、浮舟は薫、匂宮いずれとの逢瀬においても薫香を意識したことはなかった。従って、この場面を浮舟の記憶という線に沿って過去の物語世界と整合させることは無理で、その誰かの属性が強い作用を及ぼす場面と考えなければならないが、実は梅の香に喩えられるのは圧倒的に薫が多く、匂宮は薫香に工夫を凝らし薫と張り合うものの、むしろ梅を賞美する人と位置づけられていた。しかも、薫が梅の香に喩えられる場合、引歌として用いられる場合が多い「色よりも香こそあはれと思ほゆれ誰が袖ふれし宿の梅ぞも」と「春の夜の闇はあやなし梅の花色こそ見えね香やはかくるる」の二首は、いずれも色に対する香の優位性という共通点を持ち、殆ど薫の為に用いられた引歌と考えてよいほどである。また、そのように認めることによって、物語の論理も明確に見えてくるが、この場面の浮舟の姿は蜻蛉巻末の薫の姿と対をなして、薫、浮舟各々の孤立を相対化する。

以上が高田氏の薫説の要旨であるが、まず、確認したいのは、薫、匂宮いずれとの逢瀬においても浮舟は薫香を意識したことがなかったという氏の指摘である。というのは、周知のように、浮舟は薫より匂宮の方に先に接したが、匂宮との出会いの場面で、浮舟は匂宮の薫香をはっきりと認識しているからである。

> 「誰ぞ。名のりこそゆかしけれ」とのたまふに、むくつけくなりぬ。さるものつらに、顔を外ざまにもて隠して、いといたう忍びたまへれば、この、ただならずほのめかしたまふらん大将にや、かうばしきけはひなども思ひわたさるるに、いと恥づかしくせん方なし。
>
> (東屋⑥六一)

もっとも、浮舟と薫との場面の中でも、薫の芳香に関する表現はしばしば語られている。但し、それを浮舟本人が感じ取っていると語られている場面は殆ど見られず、大体の場合、宿直人や廻りの女房や乳母などが薫の香を感じ取る仕組みになっている。浮舟が明らかに薫側の芳香を感じ取っているように語られているのは、夢浮橋巻で、浮舟の生存を知った薫が小君を通して贈った手紙の「紙の香」(夢浮橋⑥三九一)ぐらいであろうか。しかし、浮舟は、匂宮との出会いにおいて、普通ではない香りを確かに感じていたのである。さらに、次のような一節に見られる「移り香」も大きな問題を孕んでいると思われる。

> 旅の宿はつれづれにて、庭の草もいぶせき心地するに、賤しき東国声したる者どもばかりのみ出で入り、慰めに見るべき前栽の花もなし。うちあばれて、はればれしからで明し暮らすに、宮の上の御ありさま思ひ出

> づるに、若い心地に恋しかりけり。あやにくだちたまへりし人の御けはひも、さすがに思ひ出でられて、何ごとにかありけむ、いと多くあはれげにのたまひしかな、なごりをかしかりし御移り香も、まだ残りたる心地して、恐ろしかりしも思ひ出でらる。
>
> （東屋⑥八三）

三条の隠れ家で、浮舟が、一人で様々な物思いに沈んでいる一節であるが、ここで浮舟は匂宮に言い寄られたことを恐ろしい体験として思い出している。しかし「あやにくだちたまへりし人の御けはひも、さすがに思ひ出でられて」の「さすがに」の呼吸には注意すべきで、また「なごりをかしかりし御移り香も、まだ残りたる心地して」のあたりは、既に半ば匂宮に心惹かれる趣を呈しているのではあるまいか。

そもそも、この場面は浮舟物語全体を考える際、欠かすことのできない部分である。この叙述の直後に、中将の君との贈答の形で、物語の世界で浮舟がはじめて詠んだ歌「ひたぶるにうれしからまし世の中にあらぬところと思はましかば」（東屋⑥八四）が続くこともさることながら、これまでの浮舟物語とはやや様相を異にし、浮舟の内面がある程度具体的に語られているからである。振り返ってみると、宿木巻ではじめてその存在が語られ、東屋巻から本格的に登場している浮舟ではあるが、しかし、にもかかわらず、浮舟物語の初期に浮舟本人の内心が窺えることは殆どなく、浮舟を取り巻く周囲の人々の思いや状況が彼女自身をすっぽり取り囲む形で語られていた。はじめて浮舟の内面に及んだ叙述が見える部分にしても、彼女自身の固有の内面叙述とは、とても言えない性質のものであった。この点に関しては既に平林優子氏の指摘があったが[12]、例えば、母の計らいで、中の君のいる二条院の西の対に移ることが決まった時や、その後、浮舟を中の君

12）平林優子「浮舟の入水について」（論集平安文学第四号『源氏物語試論集』勉誠社、一九九七）p.290

に託して中将の君が常陸介邸に帰る時などの叙述がそれである。「(中将の君は)いとうれしと思ほして、人知れず出で立つ。御方も、かの御あたりをば睦びきこえまほしと思ふ心なれば、なかなかかかることどもの出で来たるをうれしと思ふ」(東屋⑥四〇)「この御方も、いと心細くならはぬ心地に立ち離れんを思へど」(東屋⑥五七)のように、いずれも「御方も」「この御方も」という形で、浮舟の内心は母の思いに非常に密着した形で語られていた。

しかし、三条の隠れ家での浮舟の心情叙述は、明らかに以前のそれとは位相を異にしている。この場面に及んで、浮舟ははじめて自分自身の境遇を一人で凝視し、あたかも手習巻の浮舟像を先取っているかのように、母や乳母などの思いとは別のもの、彼女自身の固有のものを持ちはじめているのである。だからこそ、この場面における浮舟の心情叙述は非常に重要視すべきで、自ずとこの場面における「移り香」の重要性を浮き彫りにしているのであろう。

以上のように、浮舟は、匂宮との出会いにおいて香りを認識しているし、しかも、一人でそれを思い出している場面から本格的な内面叙述が語られはじめる女君である。浮舟と匂宮との出会いにおいてそれだけ香りが重要であったわけで、従って、手習巻の「袖ふれし人」の問題を、浮舟の記憶という線に沿って、過去の物語世界と整合させるならば、その対象は当然匂宮であろう。

一方、高田氏の薫説のもう一つの論拠として「梅の香」の問題があった。薫・匂宮、両方とも梅の花とは関連深い人物であろうが、前節で考察したように、匂宮は特に紅梅に、薫の方は特に梅の「香」に緊密な関連を持っている。高田氏の指摘通り、「梅の香」に喩えられる場合が多いのは、確かに薫の方であろうが、但し、問題は、手習巻の一節の場合、その梅の花が、特に「紅梅」と明記されている点である。しかも「こと花よりもこれに心寄せのあるは、飽かざりし匂ひのしみにけるにや」として、単なる実景として選ばれた紅梅ではなく、物語の文脈によって要請された紅梅であった。だからこそ、この場面では一般的な梅でもなく、白梅でもなく、特に紅梅であった意味が改めて問われなければならないのであろう。

## V.「墨染め」の「女君」

以上のように、「袖ふれし人」が、薫ではなく、匂宮である可能性について、高田氏の論を参考にしながら考察してみたが、ところで、高田氏が薫説を説いているのは、「梅の香」の問題のみならず、そのように認めることによって物語の論理も明確に見えてくると想定したからこそであった。高田氏は、蜻蛉巻の末尾の薫の姿の分析などから、薫の詠嘆は日常的なものとして固定され、その一方で、手習巻の浮舟の独詠には、孤絶した存在性が示されるとし、そうした両者の位置づけをえてはじめて都と小野との平行は終了し、浮舟との対面を望む薫の具体的な行動が展開されると指摘した。すなわち、「袖ふれし人」の問題が物語全体の文脈とどのように関わっているのかが問題であるが、それについて考える前に、「袖ふれし人」を匂宮と想定できない論拠としてしばしば挙げられている次のような問題箇所に関しても少し触れたいと思う13)。中将に迫られて、老尼君の部屋に逃げ込んだ浮舟が、自分の不幸な半生をまざまざと振り返っている重要な部分である。

> 昔よりのことを、まどろまれぬままに、常よりも思ひつづくるに、いと心憂く、親と聞こえけん人の御容貌も見たてまつらず、遥かなる東国をかへるがへる年月をゆきて、たまさかにたづね寄りて、うれし頼もしと思ひ

---

13) 藤井貞和「物語における和歌ー『源氏物語』浮舟の作歌をめぐりー」(『国語と国文学』、一九八三・五, p.69)や、三田村雅子「方法としての<香>ー移り香の宇治十帖へー」(『源氏物語 感覚の論理』有精堂、一九九六, p.210-212)など。

きこえしはらからの御あたりも思はずにて絶えすぎ、さる方に思ひさだめたまへりし人につけて、やうやう身のうさをも慰めつべききはめに、あさましうもてそこなひたる身を思ひもてゆけば、宮を、すこしもあはれと思ひきこえけん心ぞいとけしからぬ、ただ、この人の御ゆかりにさすらへぬるぞと思へば、小島の色を例に契りたまひしを、などてをかしと思ひきこえけん、とこよなく飽きにたる心地す。はじめより、薄きながらものどやかにものしたまひし人は、このをりかのをりなど、思ひ出づるぞこよなかりける。かくてこそありけれと聞きつけられたてまつらむ恥づかしさは、人よりまさりぬべし。さすがに、この世には、ありし御さまを、よそながらだに、いつかは見んずるとうち思ふ、なほわろの心や、かくだに思はじ、など心ひとつをかへさふ。

(手習⑥三三一～三三二)

浮舟の不幸な半生が、浮舟自身によって辿られている印象的な部分であるが、蘇生後の、そして出家直前の、匂宮と薫に対する浮舟の心境が窺える重要な箇所でもある。ここで浮舟はかつての恋人である匂宮と薫を様々な面で比較しながら思い出しているが、それぞれへの気持ちは「こよなく飽きにたる心地す」と「よそながらだに、いつかは見んずるとうち思ふ」が端的に示していると言えよう。上の一節を見る限り、匂宮への嫌厭の情に対比されつつ語られる、波線部の薫への思いから、確かに、この場面において「匂宮と薫の「あはれ」の価値転換」がなされている[14]と読めるかも知れない。

しかし、だからといって、この場面を論拠に、「袖ふれし人」が匂宮ではないと論じることは無理であろう。上の引用文の中の傍線部の「こよなく飽きにたる心地す」という心境を再び確かめるかのように、手習巻の新年の前半でも「「君にぞまどふ」とのたまひし人は、心憂しと思ひはてにたれど」として、匂宮に対する浮舟の心境が語られていたが、にもかかわらず、浮舟は

14) 丸山キヨ子「浮舟について―宇治十帖末尾の考察―」(『源氏物語の探求』風間書房、一七九四)p.366

「なほそのをりなどのことは忘れず」として、手習歌を書いたのである。一度、「こよなく飽きにたる心地す」として、思い放つかのような表現がなされたからといって、二度と恋の甘美な対象として思い出す場面が成り立たないとしたら、「なほそのをりなどのことは忘れず」とある、新年の前半部分も成り立たないはずであろう。むしろ、かつて「こよなく飽きにたる心地す」と思い放った相手を、浮舟はどうして再び思い出しているのか、しかも、前半の「心憂しと思ひはてにたれど」のような思惟さえ抜きにして、無意識的に、なおかつ官能的に過去を思い出している後半の表現がどうして成り立っているのかに、この場面固有の問題が孕まれていると言えよう。

一方、新年を迎えた浮舟の心境は、上の引用文に見られるそれとは、確かに趣を異にしていて、この点に関しては、既に藤原克己氏の指摘があった[15)]。藤原氏は、自己否定と断罪にせわしなかった出家直前と違って、新年の前半部分には、去年の春の匂宮との逢瀬の記憶を、それも確かに我が人生の一部であったと認め、さらにはいとおしんでいる浮舟の姿が見られると説いている。藤原氏の論に従えば、続く後半も匂宮追想と捉えるべきではなかろうか。しかし、藤原氏は、新年の後半部分に関しては高田氏の薫説を踏まえ、新年の心中思惟が匂宮追想から薫追想へ展開するとし、それを直後の紀伊守の登場と関連づけて説いている。要するに、藤原氏も、高田氏と同様に、「袖ふれし人」の歌の問題を、直後の紀伊守の登場、すなわち薫との対面の可能性という問題と直接的に関連づけて論じていると言えよう。

新年の断章が直後の紀伊守の登場や以後の物語と深く関わっていることは確かであろう。実際、紀伊守の登場を契機に物語は夢浮橋に向けて急展開する。一方、「袖ふれし人」が匂宮であると想定したら、その場合の紀伊

15) 藤原克己「源氏物語の文体・表現と漢詩文」(源氏物語研究集成第三巻『源氏物語の表現と文体上』風間書房、一九九八)p.359

守の登場は物語の文脈とどのように関わっているのであろうか。ここで改めて確認したいのは、「袖ふれし人」を思い出す仕組みが、非常に感覚的・官能的・無意識的であったことである。浮舟は、自分自身の中にかつて確かに存在した、匂宮に対する感情を、嗅覚を媒介にして、無意識的・官能的に一挙に思い出し、その事実自体と向かい合っている。無意識的ではあるが、だからこそ、最も確実で拒否できない感覚として、過去と向かい合っているわけである。そこには自己否定にさいなまれる出家直前の浮舟の姿はもはや見られず、自分の中に確かに存在した官能を官能として受け入れる新年の浮舟の姿が窺える。だからこそ、ここで浮舟が「袖ふれし人」として匂宮を思い出しているとしても、そのような記憶の蘇生によって、浮舟が面と向かい合うことになったのは、匂宮その本人であるよりは、かつて匂宮に断ちがたく惹かれていた自分自身の感情であり、自分自身の姿であると捉えるべきであろう。それを一挙に思い知らされた浮舟が、再び薫に戻ることがあり得るのであろうか。横川から下山する薫一行を眺望しながらひたすら「阿弥陀仏」を念ずる浮舟の姿からより、「閨」近くに漂っている紅梅の香りに立ち竦んでいる浮舟の姿の方から、浮舟がおそらく還俗しないことを予感するのは単なる深読みに過ぎないのであろうか。もはや物語は「夢浮橋」を準備しているのである。

このように見てくると、『源氏物語』の末尾とも言える浮舟物語は、「墨染め」の浮舟によって、「女としての感性」が極められた所で、頂点に達している趣である。かつて女三の宮にできなかった精神的な達成が、東国育ちの一人の少女の入水や出家などを経て、辛うじて得られたとも言えようか。夢浮橋巻の終わりは、他の男が浮舟を隠し据えているのか、という薫の卑近な誤解によって幕を閉じるが、そのような薫の姿が浮舟の至った境地といかにも好対照になっていると言えよう。そういう意味で、鈴木日出男氏の「薫自身が物語の主題から外れていくのとさしかえに、浮舟の生きがたい人生が物語主題を担うようになっていると見られる[16]」という指摘は示唆的である。常に運命に翻弄されながらひたすら自己否定を強いられた浮舟に、物語の最後の女君として託された課題が、自ずと明らかになる一瞬を、物語は嗅覚という方法を通して印象的に表現している。

16) 鈴木日出男「宇治の物語の主題」(源氏物語研究集成第二巻『源氏物語の主題 下』風間書房、一九九九)p.390

# 第 6 章
## 「匂ふ兵部卿・薫る中将」考

### I. はじめに

光源氏没後の世界を語り始める匂宮三帖には、新しい主人公として登場する薫と匂宮との対照的な設定が随所に見られる。その端的な一例として、二人の芳香の問題が挙げられよう。

> 香のかうばしさぞ、この世の匂ひならず、あやしきまで、うちふるまひたまへるあたり、遠く隔たるほどの追風も、まことに百歩の外も薫りぬべき心地しける。(・・中略・・)かく、あやしきまで人の咎むる香にしみたまへるを、兵部卿宮なん他事よりもいどましく思して、それは、わざとよろづのすぐれたるうつしをしめたまひ、朝夕のことわざに合はせいとなみ、御前の前栽にも、春は梅の花園をながめたまひ、秋は世の人のめづる女郎花、小牡鹿の妻にすめる萩の露にもをさをさ御心移したまはず、老を忘るる菊に、おとろへゆく藤袴、ものげなきわれもかうなどは、いとすさまじき露枯れのころほひまで思し棄てずなどわざとめきて、香にめづる思ひをなん立てて好ましうおはしける。(・・中略・・)例の、世人は、匂ふ兵部卿、薫る中将と聞きにくく言ひつづけて、そのころよきむすめおはするやうごとなき所どころは、心ときめきに聞こえごちなどしたまふもあれば、宮は、さまざまに、をかしうもありぬべきわたりをばのたまひ寄りて、人の御けはひありさまをも気色とりたまふ[1]。
>
> (匂宮⑤二六～二八)

---

1) 『源氏物語』の引用は、新編日本古典文学全集『源氏物語①～⑥』(小学館)の本文により、その巻数と頁数を示す。

天性の体香を備えたと紹介される薫が、それに挑み、人工の「香」で対抗する匂宮とともに、「匂ふ兵部卿、薫る中将」(匂宮⑤二八)と称えられているのである。このような両者の併称は、天性的・人工的という相違があるにせよ、いずれもその芳香のすばらしさゆえに他ならないが、それにしても、両者の芳香の違いをどうして「にほふ」と「かをる」という言葉によって象徴しているのか。ちなみに、このような併称は、「匂ふや薫るや」(竹河⑤一〇六)という形で再び言及されているし、特に薫に関しては同じく竹河巻に「この薫中将は」(竹河⑤一〇七)と見える点から、作者の命名の一つであったことが知られる。既に「にほふ」と「かをる」の象徴性について様々な指摘があり、「匂ふ兵部卿・薫る中将」と併称される二人がこの言葉のニュアンスをよく体現しているという見解が殆んどである[2)]。

しかし、「匂ふ兵部卿・薫る中将」が、それなりに両者の対立的な性格を象徴しているとしても、そのような対立的な性格が実際の物語の展開においても、そのまま一貫するのであろうか。そもそも「匂ふ兵部卿・薫る中将」というのは、光源氏の死を「光」の消滅と捉え、その闇の世界に漂う芳香を意識してこその呼称であるが[3)]、純粋に嗅覚的な意味として用いられる「かうばし」などに対し、いわゆる視覚的な用法を合わせ持っていることに共通点がある。従って、本稿では、それらの意味も参考にしながら、改めて二つの呼称の問題について考えてみたいのであるが、それにふれる前に、もう少し広い視野から、『源氏物語』以前の二つの言葉のありようについて検討してみることにする。

---

2) 藤田加代氏(『「にほふ」と「かをる」』風間書房、一九八〇)は、「にほふ」は「対象に内在する美質が強く発散し、その明るく華麗な雰囲気があたり一面に広がる」言葉であったのに対して、「かをる」は「ある空間にこもり漂いながら美的雰囲気をつくる」言葉と規定し、「宇治の物語の男性主要人物二人は、その通称に枠づけた造型だ」と指摘している。p.97

3) 小西甚一「源氏物語のイメジェリ」(日本文学研究資料叢書『源氏物語Ｉ』有精堂、一九六九)p.218

## Ⅱ. 上代文学における「にほふ」と「かをる」

『万葉集』にはやや特殊な用例も含めて約七六例の「にほふ」の用例が見られるが、用字の面で顕著なのは、正訓字で表記された用例が八例に過ぎず、殆んどが「仁保布」「丹穂日」などのかたちで、一字一音の仮名表記になっていることである。

勿論、一首全体が一字一音になっている用例、あるいはこれに準ずる形になっている用例が、巻十四、十五、十七、十八、二十を中心に約二十例見られるが、これらの場合は、そもそも、それらが収められている巻の万葉仮名表記の問題とも関わっているので、「にほふ」の仮名表記自体に特に意味があるとは言えない。しかし、問題は、例えば「妹が袖巻来の山の朝露ににほふ黄葉の散らまく惜しも(妹之袖 巻来乃山之 朝露爾 仁宝布黄葉之散巻惜裳[4])」(十・二一八七・作者未詳)のように、一首全体、ひいては巻全体が、正訓字主体表記の場合でも、あえて「にほふ」だけは仮名表記にしている例が多いことである。具体的な数字で示すと、「にほふ」の約七六例の中で約四八例がこのようなパターンで、「にほふ」の表記の典型的な形であると言える。

なお、正訓字で表記された僅かな用例の場合、宛てられた漢語は「薫」(三二八・九七一)「香」(四四三・三三〇五)「艶」「艶色」(一八五九・一八七二)「染」(二一七九・二一九二)などであるが、「あをによし寧楽の京師は咲く花の薫ふがごとく今盛りなり(青丹吉　寧楽乃京師者　咲花乃　薫如今盛有)」(三・三二八・小野老)など、全てが正訓字主体表記の歌に用いられている。逆の場合、すなわち、仮名表記を基本とする歌の中で、「にほふ」だけは漢字で意味を表すような用例は一例も見られないのである。従って、「にほふ」の漢字表記はきわめて消極的なもので、最小限に抑制されて

---

4)『万葉集』の歌番号と引用は中西進『万葉集全訳注原文付』(講談社文庫)による。

いると言わざるを得ないのである。

以上のように、「にほふ」の用字から窺える様々な特徴から、『万葉集』における「にほふ」は安易に漢語で表記することの困難な語で早く柴生田稔氏が指摘したように、「本来の国語であり、また端的にその意味を示しにくい様々の色調を持つた語[5]」と思われる。というのも、表記法のみならず、意味に関しても一概には言えない点が多く見られるからである。

『万葉集』における「にほふ」の意味は、宣長が「玉勝間」の中で「にほひとおほくよめるは、みな色のにほひにて、鼻にかゞるゝ香にはあらず」と述べたように、主としていわゆる視覚的な表現であったことが広く知られている。実際、『万葉集』の「にほふ」には、女性や青年の美しさ、紅葉や衣の色が鮮やかに映発している状態などを視覚的な映像として捉えたものが多く、殆んどの場合、様々な色合いを含めている。特に、しばしば見られる「紅にほふ」という表現を挙げるまでもなく、赤系統との関連性が著しく窺える。『大言海』が「丹穂ヲ活用シタル語ニテ、赤キニ就キテ云フ」とし、その他の辞書や注釈もおおむね同様の解釈を施しているように、「丹穂」(十二例)「丹」「丹保」(二例)「丹覆」(一例)など、「丹」に関連した表記が比較的多く見られるからである。その他に白色(白妙・真砂・白ツツジ・白梅・卯の花・馬酔木)など、「赤」の系列より逸脱した色についても「にほふ」とする用例もあるが[6]、殆んどの場合、「紅」や「赤」が中心で、「にほふ」は非常に色

---

5) 柴生田稔「「かをる」と「にほふ」」(『国語と国文学』、一九五九・三) p.7

6) 真砂、白ツツジ、白梅などの白色に用いられた「にほふ」は「色が鮮やかに(美しく)映発する」という意味で用いられたと思われる。ちなみに、佐竹昭広氏は、古代人の色に対する意識を「光」をキーワードにして捉え、「アカ《明》、クロ《暗》、シロ《顕》、アヲ《漠》は、色に関する用例なのではなく、実は、「明ー暗」「顕ー漠」という二系列の用語で、それが色を表すために転用されたものである。…(中略)色はその光から徐々に出現するまでである。生理学的にも、心理学的にも、光の感覚の色の感覚に対する優位は動かないようである」と説いている(佐竹昭広「古代日本語における色名の性格」『萬葉集抜書』岩波現代文庫、二〇〇〇)。古代人が色を「明(あか)ー暗(くろ)」「顕(しろ)ー漠(あを)」という光の

彩感に富む華やかな言葉と考えられる。

これと関連して「にほふ」は生命感溢れる表現でもあった。端的な例として「にほふ」主体が花である場合、「秋づけば 萩咲きにほふ」(十九・四一五四・家持)「霍公鳥 来鳴く五月に 咲きにほふ」(十九・四一六九・家持)のように、「咲く」ことと深く関わり、しかも用例の多くは、「咲く花のにほふがごとく今盛りなり」(三・三二八・小野老)「春の花今は盛りににほふらむ」(十七・三九六五・家持)などのように、花なら花の「今」を、その「盛り」の一瞬として捉えている[7]。花のみならず、人間に対しても、「紅にほふ少女らし」(十七・四〇二一・家持)「石竹花が花見るごとに少女らが笑まひのにほひ」(十八・四一一四・家持)など、「にほふ」を通して若盛りの生命力を端的に表している例は枚挙にいとまがないほどである。「黄葉のにほひは繁し」(十・二一八八・作者未詳)「春花の にほえ栄えて 秋の葉の にほひに照れる」(十九・四二一一・家持)「春の苑紅にほふ桃の花下照る道に出で立つ少女」(十九・四一三九・家持)など、「繁」「栄」「照」などの語と一緒に用いられたのも参考にすべきであろう。要するに、「にほふ」は、赤系統の色彩を含めた華やかさの中で、対象の「今」をその盛りの一瞬として捉える言葉なのである。

一方、「かをる」の方は、「にほふ」に比して用例が少なく、『万葉集』の中に仮名表記になっているのが一例あり、その他、『日本書紀』『日本霊異記』『神楽歌』などに若干の用例が見られる。

> 明日香の　清御原の宮に　天の下　知らしめしし　やすみしし　わご大君　高照らす　日の御子　いかさまに　思ほしめせか　神風の　伊勢の国は　沖つ藻も　靡ける波に　潮気のみ　香れる国に　味ごり　あや

---

感覚として捉えていたとすると、「明(あか)」や「顕(しろ)」の方が「にほふ」の語感に近いと言えよう。p.99

7) 伊原昭「にほふ一大伴家持における一」(『古代文学』第八号、一九六八・十二)p.19

にともしき　高照らす　日の皇子

(万葉・二・一六二・持統天皇)

一書曰、伊奘諾尊与伊奘冉尊、共生大八洲国。然後、伊奘諾尊曰、我所生之国、唯有朝霧而、熏満之哉　乃吹撥之気、化為神[8]。

(一書に曰はく、伊奘諾尊と伊奘冉尊、共に大八洲国を生みたまふ。然して後に、伊奘諾尊の曰はく、「我が生める国、唯朝霧のみ有りて、熏り満てるかな」とのたまひて、乃ち吹き撥ふ気、神と化為す。)

(『日本書紀上』神代紀上　第五段一書第六)

三年夏四月、沈水漂着於淡路嶋。其大一囲。嶋人不知沈水、以交薪焼於竈。其烟気遠薫。則異以献之。

(三年の夏四月に、沈水、淡路嶋に漂着れり。其の大きさ一囲。嶋人、沈水といふことを知らずして、薪に交てて竈に焼く。其の烟気、遠く薫る。則ち異なりとして献る。)

(『日本書紀下』推古元年)

伊勢志摩の　海人の刀禰らが　焼く火の気　おけおけ
　伊勢之末乃　安末乃止祢良加　多久保乃介　於介々々
焼く火の気　磯良が崎に　薫りあふ　おけおけ[9]
　太久保乃計　以曾良加左支仁　加保利安不　於介々々

(神楽・湯立歌・七五)

『万葉集』の一例は、伊勢の海を誉めた表現に見える「神風の 伊勢の国は 沖つ藻も 靡ける波に 潮気のみ 香れる国に」(二・一六二・持統天皇)の例で、ここの「香れる(香乎礼流)」は、殆んどの注釈が指摘しているように、「潮気の立ちこめている状態」を表しているのであろう。類似した用例に神代紀上の「我所生之国 唯有朝霧 而熏満之哉」があり、「朝霧」がかす

---

8)『日本書紀』の引用は，日本古典文学大系(岩波書店)による。
9)『神楽歌』の引用は，日本古典文学大系『古代歌謡論』(岩波書店)による。

んで立ちこめることを「かをる」と表現している。なお、神楽歌の湯立の歌の中にも「焼く火の気 磯良が崎に 薫りあふ」という表現が見られる。

以上のような例は、いずれも、「潮気」や「朝霧」、「焼く火の気」などの形容で、嗅覚的意味を積極的には認めがたい用例である。

一方、『日本書紀』の推古紀には「三年夏四月、沈水漂着於淡路嶋。其大一囲。嶋人不知沈水、以交薪焼於竃。其烟気遠薫。」という叙述があるが、ここの「かをる」は香木を焼いた烟気の表現なので、香りを含めていたかも知れない。『新撰字鏡』などにも「淑郁」に「香気之盛曰淑郁蘭馥弥多薫」(天治本)「香気之盛曰淑郁加乎留」(淳和本)とあり、早くから「かをる」に芳香の意味が含まれていたことが知られている。ところで、類似した内容が『聖徳太子伝暦』や『扶桑略記』などにも見えるが、そこでは「淡路嶋」に漂着した香木で仏像を造り、それを吉野の比蘇寺に安置したところ、「時々放光」とされている。香料の普及が仏教の伝来と密接な関連があることを示す例である。

これと関連した話で、同じく仏教的色彩が濃厚な用例が『日本霊異記』の上巻五縁の「信敬三宝得現報縁」にも見られる。

> 卅三年乙酉冬十二月八日連公居住難破而忽卒之。屍有異香而酚馥矣。天皇勅之七日使留、永於彼忠。逕之三日乃蘇甦矣。
> (三十三年乙酉の冬十二月八日、連の公難破に居住みて忽に卒りぬ。屍に異香有りて馚馥レリ。天皇勅して七日留め使め、彼の忠を詠ハシム。逕ること三日乃ち蘇メ甦キタリ。)
>
> (『日本霊異記』上巻第五「信敬三宝得現報縁」)

熱烈な崇仏派で、三宝を尊重し、推古朝に聖徳太子の腹心の従者として仕えたとされる大部屋栖野古が、その功徳によって、急死したと思われてから三日後蘇生する話である。『日本霊異記』に約十五例見られる蘇生譚の一つであるが、地獄めぐりではなく浄土を表している点、なお、死期の屍の形容が見られる点など、他の蘇生譚の中で異彩を放っている。すなわち、死期の大部屋栖野古の屍が「屍有異香、而馚馥矣[10]」と表現されているのである。興福寺本の訓釈には「馚馥」に対して「上音分下音服□□□乎礼利」とあり、破損の所があるが、『新撰字鏡』や『名義抄』などを参考に「馚馥(カヲ)レリ」と読むのが通説である。ここで、霊異として説かれた屍の芳香は、同じく『日本霊異記』の蘇生譚に、生前の罪によって牛頭に生まれ変わった「田中真人広虫女」の叙述、「吏甦還之 棺蓋自開 於是望棺而見 甚臭無比」(下・二六)とは対照的で、屋栖野古の屍の「かをる」は生前の功徳によるものに他ならない。

ちなみに、平安初期の写本と言われる『金剛般若経集験記』の石山寺蔵本には「遇悪風船破気氛黒暗」という文章があり、紙背に「氛」に対して「カヲレル」という注が施されている。「悪風に遇い、船が破られ、カヲレル(氛)気、黒く暗し」という意味であろう。すると、ここの「カヲレル気」は、空中に見える不気味な気配を示すようで、「遇悪風船」という天候を前提に「黒く暗し」と表現されているわけであるが、それにしても「かをる」のイメージを考える手がかりの一つとして貴重な用例であると思われる。「かをる」は、色彩感の富む「にほふ」に比べてはるかに暗く、強いて言えば、モノクロームのイメージであろう。

「かをる」の語義は『大言海』が「気折るノ転、折るハ自動ニテ、畳はるノ意」とし、「烟・霧・火・香ナドノ気、髣髴ニ立チタナビク」と記述しているように、気配の「気」に近いものであると思われるが、しかし、それと同時に、既に触れた『新撰字鏡』の叙述や推古紀の用例からも窺えるように、「香」との関連も視野にいれるべきであろう。香の関連語に『万葉集』には「香」の例が三例、カグハシの例が六例あるが、「高松のこの峯も狭に笠立

10)『日本霊異記』の引用は，日本古典文学大系(岩波書店)による。

てて盈ち盛りたる秋の香のよさ」(十・二二三三・作者未詳)「見まく欲り思ひしなへに蘰懸にかぐはし君を相見つるかも」(十八・四一二〇・家持)「香ぐはしき 親の御言」(十九・四一六九・家持)など、単なる嗅覚的な意味というより、上野理氏が指摘しているように、より精神的な芳香を表す用例が多いと思われる11)。

以上のように、「かをる」は、嗅覚的な表現にしても、視覚的な表現にしても、「にほふ」とは、やや趣を異にしている。要するに、「にほふ」が色彩感に富み、なおかつ、対象の「今」を、その「盛り」の一瞬として捉える生命感溢れる言葉であったのに対して、「かをる」の方は、色彩のないモノクロームなイメージで、精神的な面が強く、全体的に「今」の一瞬に止まらない表現になっている。『日本霊異記』の用例にしても、霊異として説かれた屍の「かをる」は、生前の功徳、すなわち「過去」を響かせる表現で、「今」の一瞬に止まらない表現性を孕んでいる。

従って、上代における「にほふ」と「かをる」の様々な意味から、両者の対偶性を考える上で、あえて図式化を試みるならば、その一つとして「今」と「過去」との対比をも視野に入れるべきであろうが、それは後述するように、『源氏物語』の表現とも深く関わっている。

## III. 『源氏物語』における「にほふ」と「かをる」

『源氏物語』には「にほひ」(八四例)「にほふ」(四五例)「にほひやか」(十六

11) 上野理「花と香と歌」(『後拾遺集前後』笠間書院、一九七六)は上代の「か(香)」の用例の中で花の香が少なく、におうとは思えぬ榊・朝霧・火・泉などの、上代の人の信仰に関するものが多く見られる点から、上代における「か」とは単に嗅覚による知覚や評価の表象ではなく、あるものから発する精気やけわいに近いものであると指摘し、精神的な香の問題を説いている。p.37-40

例)、その他、「御にほひ」「にほひみつ」などの形態を含めて、約百八十五例の「にほふ」が見られるが、膨大な用例の中には様々な用法が見られ、語義が多岐にわたっていることが窺える。例えば、明らかに嗅覚的な意味として用いられた約七六例を見ると、薫物や花の香りを表すものが殆んどであるが、中には「蒜」の匂いや衣の焼け焦げた匂いなど、必ずしもよい香りを意味しない場合もある。視覚的な用法の場合も事情は同じで、殆んどがある対象の美質を捉えているが、その他に末摘花の赤い鼻、染色技法、ひいては昇進を遂げていく薫の繁栄ぶりを「いとどにほひまさりたまふ」(椎本⑤一七八)と表現する場合もある。

一方、「かをる」の方は、「かをり」(十八例)「かをる」(十一例)「かをりみつ」(三例)「薫る中将」(二例)その他、「御かをり」「かをり出づ」などの形で『源氏物語』に約三九例見られるが、用例も少なく用法も限定されている。明らかに嗅覚的な用法の約二七例は、いずれも薫物や植物の芳香の意味合いで、その他の視覚的な表現の十二例も全て登場人物の容貌を形容している。要するに嗅覚的な意味にしても、視覚的な意味にしても、多様な意味合いの「にほふ」とは対照的なのである。

このような傾向はそれぞれの主体が花である場合からも端的に窺える。すなわち「にほふ」主体が花である場合、一般的な花の他に、桜・朝顔・紅梅・梅・山吹・藤・菊・橘・紫苑など、様々な花が「にほふ」と語られ、その芳香とともに、視覚的な美しさを表しているが、「かをる」の方は、橘・藤・藤袴・樒などが見えるのみで、しかも全て嗅覚的な用法である。

二つの言葉の表現性を考える手がかりとして、登場人物の形容に用いられた用例を中心に検討してみたい。「にほふ」の場合、「うち赤みたまへる顔のにほひ」(宿木⑤四〇七)「容貌も盛ににほひて」(若菜上④二四)などのように、「顔」「容貌」に関する用例が殆んどで、多くの場合、「盛りに」「若う」「笑み」などとともに用いられる。その他にも「きらきらし」「あざやか」「はなやか」「光る」などの語が見られるが、端的な例として、幼児の光源氏の抜群の美しさが「名高うおはする宮の御容貌にも、なほにほはしさはたとへむ方なく、うつくしげなるを、世の人光る君と聞こゆ」(桐壷①四四)と表現されたことが想起される。

このように人物の形容に用いられた「にほふ」は、主として人物の「盛り」の華麗な容貌を、顔などを中心に表す言葉で、『万葉集』の用例とも照応する面が多いと言えようが、「かをる」の場合は、次の用例が示すように、「にほふ」のそれとはやや趣を異にしている。

① この春より生ほす御髪、尼のほどにてゆらゆらとめでたく、つらつき、まみのかをれるほどなど言へばさらなり。よそのものに思ひやらむほどの心の闇、推しはかりたまふにいと心苦しければ、うち返しのたまひ明かす。

(薄雲②四三三)

② この君、いとあてなるに添へて愛敬づき、まみのかをりて、笑がちなるなどをいとあはれと見たまふ。思ひなしにや、なほいとようおぼえたりかし。ただ今ながら、まなこゐののどかに、恥づかしきさまもやう離れて、かをりをかしき顔ざまなり。

(柏木④三二三)

③ 頭は露草してことさらに色どりたらむ心地して、口つきうつくしうにほひ、まみのびらかに恥づかしうかをりたるなどは、なほいとよく思ひ出でらるれど、かれはいとかやうに際離れたるきよらはなかりしものを、いかでかからん、宮にも似たてまつらず、今より気高くものものしうさまことに見えたまへる気色などは、わが御鏡の影にも似げなからず見なされたまふ。

(横笛④三四九)

④ なま目とまる心も添ひて見ればにや、まなこゐなど、これはいますこ

し強う才あるさままさりたれど、眼尻のとぢめをかしうかをれるけしきなどいとよくおぼえたまへり。

(横笛④三六五)

⑤ 額つきまみのかをりたる心地して、いとおほどかなるあてさは、ただそれとのみ思ひ出でらるれば、絵はことに目もとどめたまはで、いとあはれなる人の容貌かな、いかでかうしもありけるにかあらん、故宮にいとよく似たてまつりたるなめりかし、故姫君は宮の御方ざまに、我は母上に似たてまつりたるとこそは、古人ども言ふなりしか、げに似たる人はいみじきものなりけり、と思しくらぶるに、涙ぐみて見たまふ。

(東屋⑥七三)

視覚的な表現としての「かをる」の用例の一部であるが、①が明石の姫君、②③④の四例が薫、⑤が浮舟の容貌を表す例で、一瞥して分かるように、「まみ」「まなこゐ」「眼尻のとぢめ」など、眼の表現に集中している。特に薫に関する用例が、柏木の死の直後から、柏木巻、横笛巻などで、引き続き四例も見られること、しかもそれが源氏や夕霧の視線によって、柏木との容貌の類似を語るものであったことには注目すべきであろう[12)]。しかし、どうして薫の目の表現が多く見られるのであろうか。ちなみに、「まみ」の方は『源氏物語』に約三七例見られるが、三田村雅子氏が「「まみ」は血の継承の刻印であるとともに、この物語においては、形代のしるしでもあった[13)]」と指摘したように、用例の三分の一がいわゆる瓜二つの容貌(藤壷と桐壷更衣、夕霧・源氏と冷泉院、大君・中君と浮舟など)を語る文脈で繰り返し用いられている。従って、繰り返しその「まみ」が語られることの意味は、三田村氏の論のように理解されるとして、ここでさらに考えてみたいの

12) 藤村潔「源氏物語の人物造型ー薫ー」(『解釈と鑑賞』、一九七一・五)p.61
13) 三田村雅子「源氏物語の見る/見られる」(『源氏物語 感覚の論理』有精堂、一九九六) p.92

は、それがどうして「かをる」と形容されているのか、という点である。

「目」について「かをる」と形容する用例は早くから注目されて、赤羽淑氏は「目は精神美内面美の最もよく具現される所」で、その目の表現の中の四例が「薫」の目を形容したものであることから、「かをる」が対象の精神美に中心を置くもので、その他の用例も「かをる」人物の精神美を表していると指摘した[14)]。目が精神美内面美を最もよく具現している所であったかどうかには、多少疑問なしとしないが、それにしても、確に「かをる」には「にほふ」の方よりはるかに精神的なものが含まれていると思われる。というのは、既に考察したように、『源氏物語』以前の用例において、「にほふ」が、色彩感に富み、対象の「今」を「盛り」の一瞬として捉える生命感溢れる表現であるのに対して、後者の方はより精神的な側面を持ち、それと同時に「今」の一瞬に止まらず、むしろ「過去」を響かせる表現であったことが想起されるからである。

しかも『古今集』の「五月待つ花橘の香をかげば昔の人の袖の香ぞする」(夏・一三九・よみ人知らず)を引くまでもなく、「香」は過去を呼び起こす重要なよすがと言えるし、『源氏物語』において、同じく過去を喚起する「橘」にしても、「橘のかをりし袖に」(胡蝶③一八六)などのように、「にほふ」よりは「かをる」の方に非常に密着しているのである。

「かをる」の表現性が、「今」の一瞬に止まらず、むしろ「過去」を喚起する機能を持っていたことを考えると、薫の目が「かをる」と語られる場面で、常に柏木が思い出されていることはむしろ必然であろう。そもそも、男子の誕生と聞いては、柏木に似ている子だったら困ると思っていた光源氏である。②は生後五十日ごろ、③は生えかけた歯で筍をかじる薫の姿を見て、「思ひなしにや、なほいとようおぼえたりかし」(柏木④三二三)「なほいとよ

14) 赤羽淑「源氏物語における呼名の象徴的意義ー「光」「匂」「薫」について」(『文芸研究』、一九五八・三)p.30

く思ひ出でらるれど」(横笛④三四九)と、亡き柏木の面影を見る。薫の出生をめぐって不審を抱いていた夕霧も、薫の目から亡き親友を思い出し、④「いとよくおぼえたまへり」(横笛④三六五)としている。小林茂美氏によると、「似る」があくまで客観的な判断と言えるのに対し、「おもふ＋自発の「ゆ」」から成る「おぼゆ」は「対象によって″(似ているものが)自然に思われる・連想される″」というのが原意で、多分に見る者の主観で形作られる印象に近いという[15]。実際、女三の宮に似てないことは③「宮にも似たてまつらず」と語られている。要するに、薫の目の「かをり」は薫の出生の秘密を知らない人々の視線による客観的なものではなく、光源氏や夕霧によって多分に主観的に捉えられているもので、それによって喚起されるのは薫の誕生以前の不幸な「過去」の記憶に他ならない。言い換えれば、まだ幼児である薫が「かをる」という言葉で、引き続き四回も形容されたことは、単なる幼児の形容や、いわゆる「精神美」の表現であるより、薫にとっての「過去」すなわち、亡き実父の存在を意識してこそであったと思われる。

薫の例のみならず、⑤の浮舟の例でも「まみのかをり」から、亡き姉の大君が喚起され、「過去」を響かせる表現になっている。ちなみに、物語の中で同じく瓜二つとして登場する藤壷と若紫の場合、「髪ざし、頭つき、御髪のかかりたるさま、限りなきにほはしさなど、ただかの対の姫君に違ふところなし」(賢木②一一〇)のように、「にほふ」によって形容されていた。「過去」を響かせる表現としての「かをる」には、「にほふ」の華やかさとはほど遠い、ある種の暗さが潜んでいるのではなかろうか。

その点は①の明石の姫君の例も例外ではない。もっとも、この例は容貌の類似を語るものではなく、従って「過去」を響かせる表現とも言えないが、明石の姫君が二条院に迎えられる日に、わが子を手放す明石の君を見て、「おろかには思ひがたかりける人の宿世かなと思ほす」(薄雲②四三三)

---

15) 小林茂美「おぼゆ」(『国文学』、一九九一・五)p.62-63

と光源氏がしみじみと考える直後の文章で、全体的にある種の静けさに包まれている。この以前、光源氏は明石の姫君の美質を「うち笑みたる顔の何心なきが、愛敬づきにほひたるを」(松風②四一〇)「もの言ひ笑ひなどして睦れたまふを見るままに、にほひまさりてうつくし」(松風②四一五)などのように、「にほふ」という言葉で捉えていた。

ちなみに、薫や明石の姫君の他に、幼児の時の冷泉院も「まみのなつかしげににほひたまへるさま、おとなびたまふままに、ただかの御顔を抜きすべたまへり。御歯のすこし朽ちて、口の内黒みて、笑みたまへるかをりうつくしきは、女にて見たてまつらまほしうきよらなり」(賢木②一一六)として、「にほふ」と「かをる」によってその美質が形容されている。冷泉院の場合も「まみ」の表情から実父である光源氏が思い出されるのであるが、薫とは対照的に、「かをる」ではなく「にほふ」によって表現されている。しかし、それと同時に、「口の中黒みて、笑みたまへる」という表情は「かをる」によって表現されている。要するに、華やかな色艶においては「にほふ」によって、乳歯が虫歯になりかけて、モノクロームの暗さを帯びた姿については「かをる」と表現されていて、やはり「かをる」の美質は「にほふ」の華やかさとは異質のものであると思われるのである。

そもそも、人物の容貌を形容する「かをる」は、『源氏物語』において始めて見られるもので、冷泉院と明石の姫君の例は極初期のものであるが、それがいよいよ薫の描写において方法的に達成されたと思われる。従って、薫の用例は、『源氏物語』以前からの「かをる」のイメージを土台にしながらも、それを遥かに越える新しい表現性を獲得していると言えよう。

以上のように見ると、色彩感に富み、対象の「今」を「盛り」の一瞬として捉える「にほふ」に対して、「かをる」は「今」の一瞬に止まらず、むしろ「過去」を響かせている。しかも『源氏物語』以前の「かをる」に仏教的な意味合いが深く込められていたことを考えてみると、幼児の時「かをりをかしき顔ざま」をしていた薫が、後年、仏教に篤い信仰のある青年として改めて造型されることは、おおむね納得のできることであろう。その薫が「今」の自分に満足できず、わが身の出生に不安を抱き、「過去」に脅かされ、実父の面影を追う懐疑的な青年であるとしたら、まさに「薫る中将」という名称に堪える人物造型と言えるのであろう。

## Ⅳ. おわりに

すると、「匂ふ兵部卿・薫る中将」は、それぞれ「にほふ」人物、「かをる」人物と言えるのであろうか。帝・后に寵愛され、世のもてなしもまばゆいばかりで、それこそ「阿難が光」(紅梅⑤四八)として「今」を生きる匂宮。「何の契りにて、かう安からぬ思ひそひたる身にしもなり出でけん。善巧太子のわか身に問ひけん悟りをも得てしがな」(匂宮⑤二三)と懊悩する薫。いかにも対照的な二人の主人公は、一見するかぎり、まさに「匂ふ兵部卿・薫る中将」と併称するに値する。

改めて両者の用例について少し触れてみると、匂宮の「にほふ」は、名称に関わる二例を含む八例がその芳香を形容するもので、その他、中将の君や浮舟の視線によって「こまやかににほひ、きよらなることは」(浮舟⑥一三二)のように、容貌を語る「にほふ」が三例見られる。しかし、人工的な工夫をこらし、その芳香のすばらしさが称えられる匂宮を「かをる」と形容した用例は見あたらない。匂宮は徹底的に「にほふ」人物なのである。

一方、薫に関わる「にほふ」も殆んど芳香の意味の例であるが、用例は二三例で匂宮よりも遥かに多く、また、「かをる」の用例においても圧倒的である。「かをる」人物として登場した薫は、実は匂宮以上に「匂ふ」人物なのである16)。ここに、ふたりの人物像がそれぞれの言葉のニュアンスをよく体現しているという捉え方ではおさまり切れない問題が孕まれていると言えよう。言い換えれば、「匂ふ兵部卿・薫る中将」という併称が、作者の計算済の、用意周到な意図に基づくものであると考えるならば、以後の展開における問題も作者の意図と深く関わっていると考えるべきであろう。すなわち、「薫る中将」という名称で物語に据えられた時点で、薫は「過去」を響かせる「かをる」人物として印象的に登場したにもかかわらず、実際の物語の展開においては、匂宮よりも「にほふ」に関わる場合が多く、まさにこの世の「今」を生きている「にほふ」人物として語られているのである。従って、「にほふ」と「かをる」という名称は非常に象徴的なものであると同時に、単なる象徴に止まらぬもう一つの装置として複眼的に捉え直されるべきである。

ちなみに、薫に関わる「にほふ」の用例の中には、異彩を放つ用例が多い。例えば、「宰相中将、その秋中納言になりたまひぬ。いとどにほひまさりたまふ」(椎本⑤一七八)「人となりゆく齢にそへて、官位、世の中にほひも何ともおぼえずなん」(椎本⑤一九九)のように、単なる美的な形容ではなく、威光・栄華などの意味で、世人の目に映る繁栄ぶりを表現している。しかも「にほふ」人物としての薫は、「梅の花盛りなるに、にほひ少なげにとりなされじ、すき者ならはむかしと思して」(竹河⑤七〇)のように、意図的に「にほふ」を装う人物なのである。

周知のように、薫は道心とともに俗物性をも顕著に窺わせる人物として論じられてきたが[17]、その二重的な人物像を自ずから浮き彫りにさせる一つの装置として、「匂ふ兵部卿・薫る中将」が示唆するところは大きいのであろう。光源氏を喪った「闇」の世界は、「今」と「過去」とが交錯する中で、新しい物語の世界を紡ぎだしていくのである。

---

16) 藤田加代氏(『「にほふ」と「かをる」』風間書房、一九八〇)p.97
17) 清水好子「薫創造」(『文学』、一九五七・二) p.219

# 第７章
## 『源氏物語』の香りの諸相

### Ⅰ.「芥子の香」

『源氏物語』には、様々な「物の怪」が登場しているが、正体が明らかな「物の怪」に、六条御息所の生霊・死霊と浮舟に取り憑いた法師の死霊などがある。特に、葵巻に跳梁した六条御息所の生霊は、その生霊化が実際の物語の展開に即して緻密に描写されている点、なお、それが登場人物それぞれの内面を掘り下げている点などが注目され、古くから多くの論があるところである。六条御息所の生霊化の意味は、既に言い尽くされた感もあって、特に創見はないが、その過程において、嗅覚がどのように働いたのかを具体的に見、『源氏物語』の嗅覚表現の一つの様相として考えてみることにしたい。

さて、『岷江入楚』以来の理解に基づくと、生霊化の直接的な契機は車争いであろう。そもそも、六条御息所は、その存在が語り始められた時から、光源氏との関係がほぼ絶望的であって1)、さらに「いとものをあまりな

1）例えば、西井祚子「六条御息所私論」(東京女子大『日本文学』、一九八一・九)は、「語り始められた時には、光源氏との関係は既に終焉を迎えようとする段階であったという不幸な登場のあり方は、以後、光源氏への愛執ゆえに、生霊死霊にまでならざるをえなかった六条御息所の特異な生涯にふさわしいものであったと思う」と指摘している。ちなみに、近年の吉田幹生「六条御息所の人物造形ーその生霊化をめぐってー」(『国語と国文学』、一九九九・十二)も、六条御息所は、分厚い「待つ女」の系譜に連なる人物の一人として夕顔巻から設定されているとし、「待つ女」という視点を提起している。さらに、氏は、他の「待つ女」と一

るまで思ししめたる御心ざま」(夕顔①一四七)という性格とも相まって、かなり苦しい状態であった。そのような不安定な御息所を一層追い詰めたのが、賀茂の新斎院の御禊の日に、葵の上側の人により乱暴され、はずかしめを受けた一件なのである[2)]。車争いの一件後、物語の文脈は、早い足取りで御息所の心の乱れと葵の上の憑霊騒ぎを描写していくのであるが、以下、特に御息所の心の乱れを中心に生霊化の過程を簡単に追ってみたいと思う。

> 御息所は、ものを思し乱るること年ごろよりも多く添ひにけり。つらき方に思ひはてたまへど、今はとてふり離れ下りたまひなむはいと心細かりぬべく、世の人聞きも人笑へにならんことと思す。さりとて立ちとまるべく思しなるには、かくこよなきさまにみな思ひくたすべかめるも安からず、釣する海人のうけなれや、と起き臥し思しわづらふけにや、御心地も浮

---

線を画す、元東宮妃という設定及びそれゆえの自尊心という属性によって、かえって「待つ女」の苦悩が一層純化されて現れてくるとし、そこから生霊化現象の問題を追求している。p.24

2) 車争いの一件は、六条御息所を生霊に追い込むほど致命的なものであったが、六条御息所が受けた精神的ダメージが、葵の上への「嫉妬」によるものだとする見方に関しては、反論が多い。多屋頼俊「もののけの力ー六条御息所を中心にー」(『源氏物語の研究』法蔵館、一九九二、p.84)は、「嫉妬の情も含まれてはいたであろうけれど、御息所にとっては、そういうことよりも、先ずこうした忍び姿で源氏の姿を見に来ておられたのを見付けられたー源氏に対する心の程を、競争的地位にある人に見すかされた一事を辛く思われたのであった。それは自尊力を傷けられた事に対する口惜しさであって、嫉妬というべき性質のものではない」として、「嫉妬」より「自尊力」に注目している。増田繁夫「葵巻の六条御息所」(「国文学 解釈と鑑賞」別冊『人物造型からみた『源氏物語』』至文堂、一九九八・五)も、多屋氏の見方を踏まえた上で、御息所の元東宮妃という高い身分に注目している。さらに、「この物語が六条御息所によって描こうとしているのは、単に夫の愛情が自分から離れ、嫡妻に移ってゆくことを嫉む劣位の妻の心」といった単純な男女関係のレベルの問題ではないとし、六条御息所自身は、「ただ人の妻の葵上」より上位と考えていたと指摘しながら、賢木巻の叙述をも射程に入れて、「弱者の身の口惜しさと誇り」という物語の文脈を読んでいる。p.19-29

きたるやうに思されて、なやましうしたまふ。

(葵②三〇～三一)

引用文は、車争い直後の御息所の心境を語るもので、「年ごろよりも」の呼吸からも分かるように、以前から持続していた苦悩が、さらに深まっていることが窺える。源氏との関係に決着をつけるためにも、以前から考慮していた伊勢下向を今度こそ、と思う御息所であるが、依然として源氏との関係を断ち切ることが心細く、車争いでそれが露顕した以上、世間の物笑いを招くことだし、だからといって、都に残ることも躊躇される、といった複雑な心境である。吉田幹生氏の指摘通り、他人の視線を意識しすぎるあまり自らを八方塞がりの状態に追い込み、その結果、精神のみならず身体にも異常をきたして、「御心地も浮きたるやうに思されて、なやましうしたまふ」と語られるようになってしまったのである[3]。以上のように、御息所の精神状態が不安定になってゆく一方で、身ごもっていた葵の上は、出産が近づくにつれ、様々な「物の怪」に悩まされることが多くなる。特に、どんなに加持祈祷しても、ついに退散しない正体不明のものが一ついて、その執念深さに、「この御息所、二条の君などばかりこそは、おしなべてのさまには思したらざめれば、恨みの心も深からめ」(葵②三二)として、人々は御息所や紫の上の生霊を疑う噂をするほどであった。

大殿には、御物の怪いたう起こりていみじうわづらひたまふ。この御生霊、故父大臣の御霊など言ふものありと聞きたまふにつけて、思しつづくれば、身ひとつのうき嘆きよりほかに人をあしかれなど思ふ心もなけれ

3) 吉田幹生「六条御息所の人物造形ーその生霊化をめぐってー」(『国語と国文学』、一九九九・十二)。なお、藤本勝義「"憑く女"六条御息所の創造」(『国文学』、一九九三・十)も、六条御息所の危機的な精神状態について触れながら、「常識的には、はなはだしく苦悩する御息所にこそ、物の怪が取り憑く可能性は高かったはずである」という示唆的な指摘をしている。p.77

ど、もの思ひにあくがるなる魂は、さもやあらむと思し知らるることもあり。年ごろ、よろづに思ひ残すことなく過ぐしつれどかうしも砕けぬを、はかなきことのをりに、人の思ひ消ち、無きものにもてなすさまなりし御禊の後、一ふしに思し浮かれにし心鎮まりがたう思さるるけにや、すこしうちまどろみたまふ夢には、かの姫君と思しき人のいときよらにてある所に行きて、とかくひきまさぐり、現にも似ず、猛くいかきひたぶる心出で来て、うちかなぐるなど見えたまふこと度重なりにけり。あな心憂や、げに身を棄ててや往にけむと、うつし心ならずおぼえたまふをりをりもあれば、さならぬことだに、人の御ためには、よさまのことをしも言ひ出でぬ世なれば、ましてこれはいとよう言ひなしつべきたよりなりと思すに、いと名立たしう、……

(葵②三五～三六)

上の引用文は、葵上の病状が悪化することに関して、「この御生霊、故父大臣の御霊など言ふものあり」という噂を聞き、御息所があれこれと思い続ける部分である。自分としては、「身ひつとのうき嘆きよりほかに人をあしかれなど思ふ心」もないけれども、「もの思ひにあくがるなる魂は、さもやあらむ」と思い当たることもある。「かの姫君」とおぼしき人の所へ行って、乱暴をする自分の姿を幾たびか夢に見たのである。「うつし心ならずおぼえたまふをりをりもあれば」のあたりを見ると、御息所の精神状態がさらに異常なものになっていることが窺える。「人をあしかれなど思ふ心」がなかっただけに、しかも優雅で気品も高く、感受性の強い女性だけに、精神的な苦悩も深かったのであろう。ちなみに、六条御息所の「生霊」が、いわゆる「呪詛」と異なる点は、藤本勝義氏によって詳しく論じられている4)。すなわ

---

4) 藤本勝義『源氏物語の<物の怪>ー文学と記録の狭間ー』(古典ライブラリー４、笠間書院、一九九四)に詳しい。藤本氏は、「煩悶はなはだしい彼女の、極限状態から、むしろ自然に遊離した魂が、彼女の自覚的意志と無関係に、葵上にとり憑くというプロセスが、重要」であって、紫式部は「呪詛」という、人間性を単一化、画一化した方法などでは、決して描けない、複雑でより人間的な精神世界を物語化したと指摘している。p.46

ち、「呪詛」とは、「生きている者が、怨恨を抱く相手に、神仏に祈りなどして、災いがかかるようにすることで、呪いをかけるために、厭ふ物を土中に埋めたり、相手の敷地・建物内に置いたりするのが普通」で、仕掛ける人間の強い積極性が窺えるが、六条御息所には、そのような「呪詛の能動性」が見られず、葵上にとり憑き苦しめようという気持は、持っていなかったのである。一方、源氏がその眼で、御息所の生霊と対面するのは、以上のような六条御息所の心境が語られた直後で、葵の上のお産の直前のことでもあった。執念深い、例の「物の怪」は、調伏せられて苦しみながらも、「大将に聞ゆべき事あり」と、光源氏を呼び入れたのである。

> あまりいたう泣きたまへば、心苦しき親たちの御事を思し、またかく見たまふにつけて口惜しうおぼえたまふにやと思して、「何ごともいとかうな思し入れそ。さりともけしうはおはせじ。いかなりともかならず逢ふ瀬あなれば、対面はありなむ。大臣、宮なども、深き契りある仲は、めぐりても絶えざなれば、あひ見るほどありなむと思せ」と慰めたまふに、「いで、あらずや。身の上のいと苦しきを、しばしやすめたまへと聞こえむとてなむ。かく参り来むともさらに思はぬを、もの思ふ人の魂はげにあくがるるものになむありける」となつかしげに言ひて
>
> なげきわび空に乱るるわが魂を結びとどめよしたがひのつま
>
> とのたまふ声、けはひ、その人にもあらず変りたまへり。いとあやしと思しめぐらすに、ただかの御息所なりけり。あさましう、人のとかく言ふを、よからぬ者どもの言ひ出づることと、聞きにくく思してのたまひ消つを、目に見す見す、世にはかかることこそはありけれと、疎ましうなりぬ。
>
> (葵②三九～四〇)

いよいよ、執念深き「物の怪」がその正体を明かす瞬間が来た。源氏が手を握っている葵上が、みるみる、他の女に変貌してゆくのである。苦しみを訴え、和歌を詠むその声も、しぐさも、まさに、御息所その人で、葵上の

肉体を借りて、御息所の生霊が語っていると、源氏には捉えられている。一方、葵の上が無事、男児を出産したことを知らされた御息所の方にも、不思議な現象が起こっていた。

> かの御息所は、かかる御ありさまを聞きたまひても、ただならず。かねてはいと危く聞こえしを、たひらかにもはたと、うち思しけり。あやしう、我にもあらぬ御心地を思しつづくるに、御衣などもただ芥子の香にしみかへりたり。あやしさに、御泔まゐり、御衣着かへなどしたまひて試みたまへど、なほ同じやうにのみあれば、わが身ながらだに疎ましう思さるるに、まして人の言ひ思はむことなど、人にのたまふべきことならねば心ひとつに思し嘆くに、いとど御心変りもまさりゆく。大将殿は、心地すこしのどめたまひて、あさましかりしほどの問はず語りも心憂く思し出でられつつ、いとほど経にけるも心苦しう、またけ近う見たてまつらむには、いかにぞや、うたておぼゆべきを、人の御ためいとほしうよろづに思して、御文ばかりぞありける。
>
> (葵②四二)

「我にもあらぬ御心地」の御息所の、その着衣にも、体にも、「芥子の香」がついていて、洗っても着替えても離れないのである。言うまでもなく、「芥子の香」は、「物の怪」を退散させるために焚いた護摩から移ったもので、それが衣にしみついているのは、彼女にしてみれば、自分の生霊が葵の上にとりついた証拠、ということになる。自分の衣にしみついたと思われる「芥子の香」に唖然し、髪を洗い、着替えをする御息所の状態は、殆ど幻覚に近いものに襲われている状態である。しかし、注意すべき点は、その「芥子の香」が、客観的なものではなく、六条御息所自身の主観的な感覚として処理されている点である。車争いの一件以来、持続的に語られる御息所の異常な精神状態、「生霊」という存在を仄めかす物語の記述、しかも、実際、出産を控えて「物の怪」に苦しむ葵の上が「大将に聞ゆべき事あり」と言ってから生霊が出動するまでの叙述、などを見ると、生霊跳梁は客観的な事実として語られているように思われる。が、その一方で、光源氏と生霊との対面の場面、御息所が「芥子の香」を感じる場面など、それらが登場人物たちの「心の鬼[5]」とも取れるように、朧化されているのである。前の引用文でも、生霊に対面するのは、源氏一人であった。従って、それを御息所だと捉えてしまうのは、源氏の「心の鬼」に他ならない、と言ってしまえば、それもそれなりに真実を反映しているとも取れるのである。かなり前から、御息所に冷淡に接していた自分自身の引け目を感じていたし、六条御息所の生霊の噂も耳にしていたのである。あるいは、次のような藤井貞和氏の指摘のように、いわゆる「近代的な心理」として、その他の可能性を探ることもできる。

---

5) 生霊跳梁における「心の鬼」の問題を、紫式部の「物の怪」観と関連づけて論じたものに、橋本真理子「源氏物語における物の怪考ー物語の方法ー」(今井卓爾博士喜寿記念『源氏物語とその前後』桜楓社、一九八六)がある。橋本氏は、紫式部の独自の「物の怪」観を紫式部集所載の、次のような贈答歌と関連づけて考察している。

絵に、物の怪つきたる女のみにくき図書きたる後に、鬼になりたるもとの妻を、小ぼふしのしばりたる図書きて、をとこは経読みて、物の怪責めたるところを見て

44　亡き人に託言をかけてわづらふもおのが心の鬼にやはあらぬ

返し

45　ことわりや君が心の闇なれば鬼の影とはしるく見ゆらむ

物の怪に取り憑かれた後妻に、物の怪となって取り憑いた亡き前妻が描かれ、夫は経を読んで物の怪を調伏しようとしている、という絵に対して、紫式部は「亡き人に」の歌を詠んでいる。紫式部は、「鬼になりたるもとの妻」の絵の「鬼」に懸けて、「心の鬼」と詠み込み、それを受けた相手が、その逆に、あなたの「心の闇」が「鬼の影」をはっきりと見るのだと切り返したのである。橋本氏は、『源氏物語』の「心の鬼」の他の用例が、登場人物の内面の苦悩と関わる言葉である点に関しても、「紫式部にとって心の鬼ということばが、物の怪の本質に迫る重みのあることばであることと無関係ではなく、このことばは、物の怪の跳梁するこの物語を読むためのキーワードである」と指摘している。p.236

> だがわれわれは、近代的な心理でこれを解析することもできるので、つまり葵上が御息所を演じる、というように見ることができるとすれば、葵上の深層にある、年上の女性、御息所への、おびえこそがここに出てきたと見なければならない。それとおなじ論法でいえば、六条御息所にまつわりつく芥子の香も、御息所みずからの心理的な責めにほかならない、ということになる[6]。

以上のように、六条御息所の「生霊」は、源氏、御息所、葵上の、それぞれの内面を掘り下げる「読み」を可能にしている。但し、勿論、この「生霊」の事件そのものを、「心の鬼」の所産に過ぎないと、短絡させてしまうのが、本稿の目的ではない。藤本勝義氏も指摘しているように[7]、読者の享受の仕方は「心の鬼」とは別問題であって、精神の異常が魂の遊離に結びつく、生霊発動の様はリアルそのもので、作者は「心の鬼」の見せる幻想を承知の上で、物の怪跳梁の実在性を丹念に綴っていると考えなければならない。しかも、源氏物語に登場する様々な「物の怪」は、「心の鬼」とは無関係なニュートラルなものが多く、高田祐彦氏の指摘のように、六条御息所の「死霊」にしても、「心の鬼」の見方では収まりきれないものがあるからである[8]。

---

6) 藤井貞和「源氏物語の〝かをり〟」(『平安物語叙述論』東京大学出版会、二〇〇一)p.265

7) 注(4)の藤本氏の前掲書、西郷信綱「源氏物語の「もののけ」について」(『増補詩の発生』未来社、一九六四)などに詳しい。

8) 例えば、高田祐彦「もののけ」(秋山虔・渡辺保・松岡心平編『源氏物語ハンドブック』新書館、一九九六, p.222)には、次のように説かれている。
「たとえば、鈴虫巻で、六条御息所の死霊出現の噂に秋好中宮が苦悩するが、紫の上の病気や女三宮の出家に六条御息所の死霊が関わるのは世間の眼からは当然といえないので、源氏にのみ死霊の正体がわかったとはいいがたいのである。むしろ、「心の鬼」か習俗としての現象か、と二者択一で考えるのではなく、その両面を取り込んで、現実の騒動のなかに見る者と見られる者の内面を描き出しえた点を重視すべきであり、そこに物語としての『源氏物語』の深さがある。」

しかし、にもかかわらず、六条御息所を苦しめる「芥子の香」は、最も客観性を欠くもの、あるいは、最も幻覚に近いものとして捉えられる点で、「心の鬼」意識に最も即していると言える。いわゆる現代の精神分析学的発想から見ても、充分にあり得る心理と見受けられるのも9)、そのためであろう。ここで、改めて、次のような西郷信綱氏の指摘が反芻される。

> ここにおいて源氏物語は、形式は同じ「もののけ」譚でも、自我と幻覚との微妙に交錯した、まったく新しい文学的次元を創造したといって過言であるまい。ここには、自我が神話の幕につつまれ、「もののけ」という客観的な外力が一般にまだ信じられていた時代にのみ固有な、だがそれを内面化することによってのみ達せられた独特の人間描写があると思う10)。

西郷氏の指摘のように、『源氏物語』が「游離魂」というような当時の民俗現象をとりあげながら、単なる説話と一線を画す表現を成し遂げたとすれば、そのような捉え方の頂点に「芥子の香」があるのは言うまでもない。だからこそ、「芥子の香」は、『源氏物語』の作者が、嗅覚という方法を通して追求した心理描写の白眉として、深く見据えなければならないのである。

---

9) 例えば、渡辺保「六条御息所」(秋山虔・渡辺保・松岡心平編『源氏物語ハンドブック』新書館、一九九六, p236.)は、次のように説いている。
「そのありさまは、ほとんどシェークスピアの描くマクベス夫人の手についた血潮が落ちない場面を思わせる。実は彼女の白い手には血などついていない。それにもかかわらず、深夜の城中の廊下で、夫人はなにかにとりつかれたように手を洗いつづける。すでに夢遊病の如きありさまである。彼女がそこまで血におびえるのは、彼女自身が計画し、彼女が夫マクベスにすすめて実現したダンカン王暗殺に対する罪の意識による。」

10) 西郷信綱氏の、注(7)前掲論文。p.314

## II. 薫の「芳香」

『源氏物語』には、様々な香りが登場する。人柄の表象としての香[11]、回想の香[12]、六条院の美意識を凝縮する香[13]、明石の姫君の入内を準備するために繰り広げられた六条院の「薫物合せ」など、嗅覚表現は様々な様相を呈しながら、奥行き深い表現として機能しているのである。その中でも、六条御息所の「芥子の香」と最も対比されるものとして、「薫」の芳香が挙げられる。藤井貞和氏[14]も指摘するように、六条御息所の「芥子の香」が、芳香ならぬ、「一種魔術的な形相を持っている」ものとするならば、「香のかうばしさぞ、この世の匂ひならず」(匂宮④二六)とされる、薫の天性の「芳香」は、仏教的な意味合いが深くこめられた「神聖な香り」で、「芥子の香」とは明らかに異質なものだからである。

というのも、薫の芳香が、仏教的なものと深く関わっていることが、物語の随所に見られるからである。まずは、薫の芳香がはじめて語られる、次のような匂宮巻の一節を見なければならないのであろう。

> 香のかうばしさぞ、この世の匂ひならず、あやしきまで、うちふるまひたまへるあたり、遠く隔たるほどの追風も、まことに百歩の外も薫りぬべ

11) 本書の第Ｉ部の第 4 章の「空蟬物語の「いとなつかしき人香」考ー『古今集』との表現的関連についてー」参照。

12) 本書の第1部の第5章の「浮舟物語における嗅覚表現ー「袖ふれし人」をめぐってー」参照。

13) 「春の殿の御前、とりわきて、梅の香も御簾の内の匂ひに吹き紛ひて、生ける仏の御国とおぼゆ」(初音③一四三)。『源氏物語』の引用は、新編日本古典文学全集『源氏物語①～⑥』(小学館)の本文により、その巻数と頁数を示す。

14) 藤井貞和氏の、注(6)前掲論文。p.264
「仏教儀礼の、浄土に見紛うばかりの芳香が立てられる一方で、芥子をたいて護摩を修することがおこなわれることの、芳香ならぬ、もう一つの気体は、黒いけぶりをたてる、一種魔術的な形相を持っているから、魔的世界と積極的にわたりあう秘術であろうと思われる。」

き心地しける。誰も、さばかりになりぬる御ありさまの、いとやつればみただありなるやはあるべき、さまざまに、我、人にまさらんとつくろひ用意すべかめるを、かくかたはなるまで、うち忍び立ち寄らむ物の隈もしるきほのめきの隠れあるまじきにうるさがりて、をさをさ取りもつけたまはねど、あまたの御唐櫃に埋もれたる香の香どもも、この君のはいふよしもなき匂ひを加へ、御前の花の木も、はかなく袖かけたまふ梅の香は、春雨の雫にも濡れ、身にしむる人多く、秋の野に主なき藤袴も、もとの薫りは隠れて、なつかしき追風ことにをりなしがらなむまさりける。

(匂宮⑤二六～二七)

上の引用文には、薫の「天性の芳香」が、「色よりも香こそあはれとおもほゆれ誰が袖ふれしやどの梅ぞも」(古今・春上・三三・よみ人知らず)「主しらぬ香こそにほへれ秋の野に誰かぬぎかけし藤袴ぞも」(古今・秋上・二四一・素性)などの引歌表現によって語られている15)。この部分は、薫が幼少時代に己の出生の秘密を知ってしまった為、世の中に懐疑的で、仏教に信

15) この一節の、「はかなく袖かけたまふ梅の香」「春雨の雫にも濡れ」「秋の野に主なき藤袴」や、それに続いて、匂宮の薫香を語る、次のような部分にも、『古今集』『古今六帖』『万葉集』の引歌の羅列が顕著に窺える。「かく、あやしきまで人の咎むる香にしみたまへるを、兵部卿宮なん他事よりもいどましく思して、…(中略)…朝夕のことわざに合はせいとなみ、御前の前栽にも、春は梅の花園をながめたまひ、秋は世の人のめづる女郎花、小牡鹿の妻にすめる萩の露にもをさをさ御心移したまはず、老を忘るる菊に、おとろへゆく藤袴、ものげなきわれもかうなどは、…(中略)…香にめづる思ひをなん立てて好ましうおはしける。」(匂宮⑤二七～二八)このように、薫や匂宮の薫香に関わる叙述には、過剰かつ空疎な引歌技巧が目立ち、他作説があるほどであるが、この点に関しては、高橋亨氏の魅力的な指摘がある。高橋亨「宇治物語時空論」(『源氏物語の対位法』東京大学出版会、一九八二)は、「香」という仏教的イメージが、物語内で薫の特性たりえるためには、引歌によって「花の香」のイメージに転移されることが不可欠だったとし、そうすることによってのみ、薫の妙香の象徴は、匂宮に対する優位と欠如の両価値性を、表現構造のうちに存立させることができたと捉えている。引歌表現の拙劣を云々する前に、このような文体を要請する物語の内的論理を追求した点、傾聴すべき見方であろう。p.176-178

仰の篤い青年として紹介された直後のものである。やはり、薫の芳香は仏教的なものと深く関わっていると言わざるを得ないのであろう。しかも、東屋巻では、次のように、より直接的な表現として、道心と芳香の関連性を示唆している。

> 寄りゐたまへりつる真木柱も褥も、なごり匂へる移り香、言へばいとことさらめきたるまでありがたし。時々見たてまつる人だに、たびごとにめできこゆ。「経などを読みて、功徳のすぐれたることあめるにも、香のかうばしきをやむごとなきことに、仏のたまひおきけるもことわりなりや。薬王品などにとりわきてのたまへる牛頭栴檀とかや、おどろおどろしきものの名なれど、まづかの殿の近くふるまひたまへば、仏はまことしたまひけりとこそおぼゆれ。幼くおはしけるより、行ひもいみじくしたまひければよ」など言ふもあり。また、「前の世こそゆかしき御ありさまなれ」など、口々めづることどもを、すずろに笑みて聞きゐたり。
>
> (東屋⑤五四～五五)

以上のような叙述から、薫の芳香が、「道心と抜きさしならぬ存在であることの暗示[16]」として機能しているとも考えられよう。実際、『日本霊異記』などの叙述を見ると、仏教と芳香とが緊密な関連性を持っていたことが確認される[17]。しかし、それと同時に、薫の芳香と薫の道心との関連性に

16) 神野藤昭夫「匂と薫ー匂宮・紅梅・竹河巻ー」(『源氏物語講座4』勉誠社、一九九二)。なお、薫の芳香が道心の象徴であることに関しては、柳井滋「源氏物語と浄土教ー薫の道心の場合ー」(『国語と国文学』、一九五六・十)、柳井滋「物語世界と超現実ー薫の体香のことなどー」(『国文学』、一九七七・一)などに詳しい。ちなみに、『法華経』には次のような内容が見られる。「宿王華。此菩薩。成就如是。功徳智慧之力。若有人。聞是薬王菩薩本事品。能随喜讃善者。是人現世口中。常出青蓮華香。身毛孔中。常出牛頭栴檀之香。所得功徳。如上所説。是故宿王華。以此薬王菩薩事品。嘱累於汝。」(「薬王菩薩本事品」『法華経下』岩波文庫、p.206)

17) 本書の第Ⅰ部の第6章の「「匂ふ兵部卿・薫る中将」考」参照。

は、一概には言えない面があるとも思われる。かつて吉岡曠氏が「道心の象徴とする見解ににわかに賛成しがたい」とし、その理由として、薫と匂宮の対照的な造型ぶりから、「薫の芳香が先天的道心の象徴なら匂宮の「香にめづる思」は後天的な道心の象徴でなければ釣合いがとれない[18]」と指摘したことが想起されるからである。

ちなみに、薫の芳香が何を象徴するかについては、既に様々な指摘がなされてきたが、神野藤昭夫氏は、それらを踏まえた上で、「仏教の象徴であり、道心と抜き差しならぬ存在であることの暗示」、「光源氏亡き「闇」の世界の主人公性の象徴」、「秘密の子あるいは罪の子の隠された聖痕」などの三点を挙げながら[19]、「これら薫の＜香＞の象徴の解釈はどれが唯一の正解といったようなものではない。あたかも万華鏡のように、相貌を異にしてみせつつ、これから始まる物語において、薫という人物の根底を深く指し示しているのである」とつけ加えている。首肯すべき見解で、特に異論はないが、神野藤氏の指摘する「秘密の子あるいは罪の子の隠された聖痕」に、改めて注意を払いたいと思う。

というのも、前章でも触れたように、幼児の時の薫は、「まみのかをりて、笑がちなるなどを」(柏木④三二三)、「かをりをかしき顔ざま」(柏木④三二三)、「まみのびらかに恥づかしうかをりたる」(横笛④三四九)「眼尻のとぢめをかしうかをれるけしきなど」(横笛④三六五)のように、「かをる」という言葉によって、「まみ」「まなこゐ」「眼尻のとぢめ」などの、目の表情が表現されていたが、それらの表現は、亡き実父「柏木」との容貌の類似を語る文脈で用いられたもので、いずれも、光源氏や夕霧の、主観的な視線によるものであったからである。すなわち、薫の出生の秘密を知らない人々の視線による、客観的なものではなかったのである。従って、幼児の時の薫の「かをり」は、薫の誕生以前の不幸な過去の記憶を喚起するもので、薫に

18) 吉岡曠「匂宮巻の薫像」(『源氏物語論』笠間書院、一九七二)p.431
19) 注(16)の神野藤氏の前掲論文。p.25-26

とっての「過去」すなわち、亡き実父の存在を意識してこそであった、と思われるのである[20]。但し、このように見ても、吉岡氏が提起した問題は解決できないのである。すなわち、薫の芳香が、薫の「過去」の記憶を喚起するもので、神野藤氏が指摘する「秘密の子あるいは罪の子の隠された聖痕」に深く関わっているとすれば、そのような薫の芳香に羨望を抱きつつ、匂宮が人工の香に熱中することが、やや不自然な印象を残すからである。

以上のように、薫の天性の芳香は、物語の展開に応じて様々な意味合いを持ち、様々な解釈を可能にしている。確かなことは、薫の芳香が持つ複雑な表現性が、薫自身の複雑な人物像を浮き彫りにする点であるが、この問題に関しては、今後の課題にしたいと思う。

---

20）本書の第Ⅰ部の第6章の「「匂ふ兵部卿・薫る中将」考」参照。

# 第II部
## 五感をめぐる『源氏物語論』

# 第1章
## 『源氏物語』における聴覚表現
### -屏風歌の制作態度とその意義-

## Ⅰ.「聴覚的印象」

『源氏物語』における聴覚表現の研究としては、石田穣二氏の「源氏物語の聴覚的印象[1]」がその嚆矢として知られている。石田氏は、『源氏物語』と、『夜の寝覚め』や『枕草子』の聴覚的な場面とを比較検討し、『源氏物語』においては、距離感に関わる助動詞「なり」が、豊かな音声的再現能力を持つ点に注目し、現実的な距離感が感覚的に再現される構造を『源氏物語』の文体の特質として捉えている。「声」が持つ肉体的な感覚が、具体的な場面の臨場感として現れていることを、助動詞「なり」「べし」などの吟味を通して綿密に検討しているのである。現在においても「聴覚」研究基礎文献として、その輝きを失っていない論であるが、例えば、次のような一節に見られる、助動詞「なり」「べし」は、異様なまでに明確な聴覚的印象を伴うものとして挙げられている。光源氏が、中川の紀伊守の邸に、方違えのために泊まった日、空蝉が小君や女房と交わす会話を、「立ち聞き」する場面である。

1) 石田穣二「源氏物語の聴覚的印象」(『源氏物語論集』桜楓社、一九七一)p.209 なお、『源氏物語』の引用は、新編日本古典文学全集『源氏物語①～⑥』(小学館)の本文により、その巻数と頁数を示す。『古今集』の歌番号と引用は、日本古典文学全集『古今和歌集』(小学館)による。

君は、とけても寝られたまはず、いたづら臥しと思さるるに御目さめて、この北の障子のあなたに人のけはひするを、こなたやかく言ふ人の隠れたる方ならむ、あはれや、と御心とどめて、やをら起きて立ち聞きたまへば、ありつる子の声にて、「ものけたまはる。いづくにおはしますぞ」とかれたる声のをかしきにて言へば、「ここにぞ臥したる。客人は寝たまひぬるか。いかに近からむと思ひつるを、されどけ遠かりけり」と言ふ。寝たりける声のしどけなき、いとよく似通ひたれば、姉妹と聞きたまひつ。「廂にぞ大殿籠りぬる。音に聞きつる御ありさまを見たてまつりつる、げにこそめでたかりけれ」とみそかに言ふ。「昼ならましかば、のぞきて見たてまつりてまし」とねぶたげに言ひて顔ひき入れつる声す。ねたう、心とどめても問ひ聞けかし、とあぢきなく思す。「まろはここに寝はべらむ。あな苦し」とて、灯かかげなどすべし。女君は、ただこの障子口筋違ひたるほどにぞ臥したるべき。「中将の君はいづくにぞ。人げ遠き心地してもの恐ろし」と言ふなれば、長押の下に人々臥して答へすなり。「下に湯におりて、ただ今参らむとはべり」と言ふ。

(帚木①九七～九八)

引用文の最後には、波線部の「…と言ふなれば、長押の下に人々臥して答へすなり」という表現が見られる。石田氏の指摘通り、源氏はこの場合、一定の距離を隔てて空蟬・女房の会話を「立ち聞き」しているわけであるが、この文章では、声がやや遠く聞こえることが、助動詞「なり」によって示され、聞いている源氏の感覚が、生き生きしたものとして再現されている。すなわち、遠く聞こえる声によって、はじめて遠近の感覚が生まれ、風景の空間的なリアリティが保証され、臥した女房達の姿態まで思い描かせるような現実感・臨場感が表現されているのである。

なお、氏は、引用文の前半の空蟬と小君との会話も、殆ど肉声を聞くに等しい生々しさで聞こえているとしながら、さらに、傍線部の「灯かかげなどすべし」「女君は、ただこの障子口筋違ひたるほどにぞ臥したるべき」などの叙述に関しても、次のように語っている。

> これらは源氏の推定であるには違ひないが、源氏によつてうかがはれてゐる隣室のにはひの驚くべき現実感、臨場感は、同時に、読者である我々自身のそれでもある。距離とは、源氏によつて感じられてゐる隣室との距離であると同時に、それは読者と隣室との間の距離として感じられる。「まろは端に寝侍らむ、あなくらとて、火かかげなどすべし」ー燈火と人影の大きなゆらめきと、物に躓いたかも知れないその物音までも易々と再現できさうに感じられる印象のなまなましさは、源氏の感じたであらう印象そのままが、我々に伝はつて来るからにほかならない。これはどういふことなのであらうか。作者その人がこの場に身を置き、隣室をうかがひ、隣室の話を聞き、物音を聞いてゐるのである。これはおそらく、リアリズムの特異な一つの型として我々の牢記せねばならぬものである。源氏の聴いてゐる印象が、そのまま読者の受け取る印象にほかならないといふ形で、この場面の造形が行はれ、客観的な風景全体が、まつたく内面的な肉付けの中にあることが感じられて来る。少なくとも我々がかういふ印象構成に参与し得た時、かういふ造形は、その都度、内面から常に新たに形作られて来る、といふ印象を拒み得ないのである[2)]。

上の引用文では、源氏の耳の感覚によって再現される隣室の光景が、源氏の想像の内に浮かび上がってくるのみならず、読者である我々にも具体的に伝わってくることが指摘されている。源氏が感じたはずの印象が、そのまま読者に伝わってくるのである。このような現象が起こる原因は、氏の表現を借りれば、「作者その人がこの場に身を置き、隣室をうかがひ、隣室の話を聞き、物音を聞いてゐる」からで、言ってみれば、「聴覚的な印象」の臨場感を通して、登場人物と作者と読者が、一つの空間を共にしているかのように捉えているのである。物語のリアリティの問題を感覚の共有に関連づけて提示した、極めて示唆的な指摘であるが、さらに、氏は、このような仕組みに『源氏物語』の特殊なリアリズムの在り方が孕まれているとし、次のようにつけ加えている。

---

2) 注(1)に同じ。p.223

> たとへばリアリズムと言ふ時、最も普通にはその叙事性、人間や事物の動きが間然する所のない確かさで造形され、読者の主観を以てしては如何ともしがたい、苛烈で客観的な世界の印象を与へる、さういふ場合を言ふことが多い。世界はいはばそこにあるものであり、我々の前に動かしがたく与へられたものである。源氏物語のリアリズムは、かうしたリアリズムとは異質のそれである。源氏物語の世界は、常に内からの言ひがたい深みから立ち現れて来る。隣室をうかがふ源氏といふ人物の感覚が、いはばその通路である。この人物の感覚を通じて、人間や風景全体の造形されて来る過程が、我々の前にある。我々自身がこの過程に参加する限りにおいてのみ、この世界は我々のものになる。あるいは、参加を強制されると言つた方が、真相に近いであらうか。そして、この世界は、我々が所有しない限り、あるいは我々がこの世界に所有されない限り、世界としての意味を持たない。現前して来ない。外側から言ふならば、この物語の作者のやうな資質の場合、自然の風景でも、風でも、夜の闇でも、あるいは比喩でも、それは常に、すべて、ある種の肉体的なぬくもりを持ち、あるいは、肉体的なぬくもりの中にある。読者はその中に抱かれることを余儀なくされる[3]。

上の引用文によれば、隣室を窺う源氏の感覚は、彼自身の感覚に他ならないが、にもかかわらず、我々読者は、源氏の「感覚」を通じて、源氏と重なり、場面そのものとも重なり、はじめて『源氏物語』の特異なリアリズムの世界に参加できるのである。言い換えれば、『源氏物語』のリアリズムは、「自らの肉体のたしかさに支へられ、他の何ものにも依存しないリアリズム」で、このような世界へ到るために、「読者は作者と同じ体験の通路を通るしかない」のである。従って、『源氏物語』のリアリズムは、描写の具体的・立体的な形からも窺えるように、徹底的に客観的であると同時に、ある意味では非常に内面的なものでもあるわけである。ところで、「この物語の作者のやうな資質」のあたりを見ると、氏は、このような表現的な達成

3) 注(1)に同じ。p.223-224

を、作者の「資質」がもたらしたものと捉えているようであるが、しかも、「作者の資質」の問題から一方進んで、次のように、「女性の作品」であることを問題にしている。

> この作品が女性の手に成つたといふ平凡な事実を見落としてはならない。(…中略…)思ふに、この物語の詩情とか情調とかが言はれる時、人々の印象を支配してゐたのは、この物語のすぐれて女性的な感触ではなかつたであらうか。(…中略…)しかし女性の精神の自己実現、自己形成のあり方は、言ひ現しがたく内面的に柔軟である[4]。

要するに、石田氏は、『源氏物語』の特異なリアリティの在り方が、紫式部という女性の資質、内面的な精神、その「女性的な感触」に起因しているとしているのである。この物語が、紫式部、という作者によって書かれたとするならば、作者の資質が問われるのは当然のことで、女性的な感性も勿論視野に入れるべきであろう。しかし、その一方で、それを単に「女性的なもの」によるもの、と捉えてしまうことに関しては、やはりためらいを覚えざるを得ないのである。『源氏物語』の具体的・立体的な描写と比較するために、氏が対象にした『枕草子』の方は、同じく「女性の手」によって成立しているにもかかわらず、「風景は一面的な平板さにおいて完結」しているし、「感覚は一切のあらゆる具体的なものをやどすことを拒否」し、その特質を一言にして言えば「非肉体的」であるとされているのである。従って、石田氏が示す「女性的な感触」というものが、如何なる性質のものかについて、改めて問われなければならないが、その前に、やや突飛であるが、「屏風歌」の表現性について考えてみたい。憶測に過ぎることを恐れずに言ってみれば、『源氏物語』の感覚の問題は、恐らく、和歌的なものに宿されていると思われるからである。というのも、石田氏が提示している「聴覚的印象」と

4) 注(1)に同じ。p.230-231

いう見方は、そもそも、それが「立ち聞き」などを通して、視覚的な場面を髣髴させるところから出発し、登場人物の感覚に身を移して創作・享受される問題に発展していくのだが、まさに屏風歌などに代表される題詠にそのような創作態度の一端が窺えるからである。

## II. 屏風歌における聴覚表現

周知の通り、屏風歌は『古今集』成立前後の時代に盛んに詠まれ、和歌史上大きな役割を果たしたが、そもそも、「屏風歌」という用語は、現在よく用いられていながらも、厳密に定義することが非常に困難である。大まかに言えば、「屏風の画面に書きこまれた歌、書きこまれる前提でよまれた歌[5)]」が、狭義の概念として「屏風歌」であると言えよう。このような屏風歌研究の原点になったのは、平安時代の大和絵屏風が当時の文学にも大きく関係していることに注目し、文学の立場から大和絵屏風の持つ意味を説いた、玉上琢弥の次のような指摘であった。

> そしてわたしが特に注意したいことは、ここに揚げた三条天皇のときの屏風歌のように、歌人は、屏風絵中に描かれている人物の心になって、作歌するということである。屏風絵を見ている者としてよむのではない。歌人は仮に画中の人物となり、画中の景色を眺めながら作歌するのである。フィクションである。題詠である[6)]。

歌人が画中の人物の立場に立って詠む、という指摘に関しては、未だに

---

5) 増田繁夫「古今和歌集と屏風歌」(『一冊の講座 古今和歌集』有精堂、一九八七)p.523
6) 玉上琢弥「屏風絵と歌と物語と一源氏物語の本性(その三)ー」(『源氏物語研究』別巻一、角川書店、一九六六)p.193

反論もあるが、現在も依然として、屏風歌研究における、最も重要な観点とされているものである。中島輝賢氏によれば[7]、現在までの屏風歌の研究では、(1)作中主体が画中人物でないことが明白なもの、(2)作中主体が画中人物であることが明白なもの、(3)作中主体が画中人物であるかどうかが不分明なもの、という三種類に分類され、その中でも「作中主体が画中人物であるかどうかが不分明なもの」を、どうにかして明白にするという作業[8]や、あるいは屏風歌として明白でないものに屏風歌的な要素を見出し、屏風歌としての可能性を設定しようとする作業[9]が中心となってきた。いずれにしても、作中主体は、虚構であって、王上氏の指摘通り、題詠の一種であると言えよう。従って、本稿では、「屏風の画面に書きこまれた歌、書きこまれる前提でよまれた歌」という狭義の屏風歌の概念に拘泥せず、屏風が作歌の機縁になっている場合をも含めて考えることにする。純粋に屏風歌の在り方や、屏風歌創作の「場」を問題視するのではなく、屏風歌の詠法がもたらしたもの、について考えるのが目的だからである。

というのも、屏風歌の詠法、あるいは、屏風が作歌の機縁になっている場合の制作態度が、『古今集』的な表現の特質とも関わっていると思われるからである。既に触れたように、屏風歌の研究の中には、屏風歌として明白でないものに屏風歌的な要素を見出し、屏風歌としての可能性を設定しようとする場合がある。片桐洋一氏の論などがそれである。氏は、貫之の歌の中で、「屏風歌でない場合、あるいは屏風歌か否かはっきりせぬ場合にも、屏風歌のごとくに、いわば仮構せられた作中人物の詠としてよんでみたら如何かと思われる歌がかなりある[10]」とし、そのような詠法を『古今集』的

---

7) 中島輝賢「賀の屏風歌における作中人物の仮構ー紀貫之と伊勢ー」(『国文学研究』早稲田大学国文学会、一九九九・六)p.57
8) 藤岡忠美「屏風歌の本質」(『和歌文学論集5 屏風歌と歌合』風間書房、一九九五)
9) 片桐洋一「紀貫之論序説」(『古今和歌集の研究』明治書院、一九九一)p.39-43
10) 注(9)に同じ。p.43

な表現の特質として挙げている。『古今集』の和歌、特に貫之の和歌を享受鑑賞するためには、その和歌を一度みずからの心に溶解し、その表現の論理に従って追体験してみなければならないし、享受者も作者と同じ心になって歌をつぶやくことによってはじめて、その和歌の真髄がわかる、というのである。まず、『古今集』の次のような歌を参考にしたい。

二条后の東宮の御息所と申しける時に、御屏風に竜田川に紅葉流れたる形をかけりけるを題にてよめる
① もみぢ葉の流れてとまる水門には紅深き波や立つらむ
(秋下・二九三・素性)
尚侍の、右大将藤原朝臣の四十の賀しける時に、四季の絵かけるうしろの屏風にかきたりける歌　夏
② めづらしき声ならなくに郭公ここらの年を飽かずもあるかな
(賀・三五九・友則)
秋
③ 住江の松を秋風吹くからに声うちそふる沖つ白波
(賀・三六〇・躬恒)
田村の御時に、女房の侍ひにて御屏風の絵御覧じけるに「滝の落ちたりける所おもしろし。これを題にて歌よめ」と、侍ふ人におほせられければよめる
④ 思ひせく心のうちの滝なれや落つとはきけど音の聞えぬ
(雑上・九三〇・三条町)

何れも、屏風歌、ないし、屏風が作歌の機縁になっている例であるが、まず、①の素性の歌は、紅葉の美しい葉が流れて止まる水門に、白波ならぬ、深い紅色の波が立っていると詠んだものである。詞書に見られる「春宮の御息所」が清和天皇の春宮時の御息所だとすれば、文徳朝に大和絵の名所屏風があったことになって、その点でも問題にされてきた例であるが、この詞書は紅葉の流れる竜田川の絵の風景を詠んだ歌だといっているだけ

で、この歌が屏風に書きこまれたのか否かについては触れていない[11]。しかし、「かけりけるを題にして」とあるので、少なくとも完成された屏風の絵を見て詠んだものであることは確かであろう。いずれにしても、画中世界に身を移して詠んだもので、絵画を以て、視覚的な世界として表現された風景(紅葉の流れる竜田川)に、和歌的な想像力を発揮し、紅葉からの連想で、「白波」が「紅色の波」になっている、と詠じているのである。

②の友則の歌は、藤原定国の四十賀宴の四季屏風の「夏」のもので、恐らく時鳥が飛ぶところが書いてあったろうが、『窪田評釈』の指摘のように、その時鳥に声をあらしめることによって動きを与えたのである。もっぱら視覚の世界として与えられている絵画の風景は、歌の表現の聴覚を介入させることによって、より豊かなるものになっている。

このような傾向は、③の躬恒の歌から、より顕著に窺えよう。海岸の松から「住江」を連想し、「松」から「秋風」を逼想し、沖つ白波を松風に吹かれて立ったものとし、秋風の音と白波の音との両方を捉えている。前の友則の歌と同様に、声のない画に声をあらせて動きを与えていると言えよう。それによって、秋の景として、海辺の松と沖の波が描いてあったはずの絵画の世界は、松風と高い波音で充満されて、制作している作者や享受している読者を取り囲む環境を、一瞬にして海辺にしてしまう趣である。身のまわりを囲む屏風絵が、そのまま自然そのものになってしまうのである。このように、最も視覚的な世界に支えられているはずの屏風歌は、他の感覚の介入によって、より臨場感に富む、具体的・立体的な時空を築き上げるのである。

もっとも、このような諸感覚の併存は、屏風歌に限らず、リアリティの問題とも相まって、歌の表現をより立体的にさせるものであろう。但し、それが特に屏風歌の場合は、絵と歌が織りなす時空に、創作する側も享受する

---

11) 注(5)に同じ。p.523

側も参入してしまう、あるいは、少なくとも参入を前提にする、というところに、まず特徴がある。屏風の絵と歌を起点に、新しい時空が出現し、そこに参入することで、感覚の共有が成り立つのである。

一方、『古今集』の時期には、まだ一つのジャンルとして認識されていなかった屏風歌は[12)]、『拾遺集』の、殊に四季歌において多く見られている。既に触れたように、屏風歌の制作と享受には、言葉と共に、感覚の共有が重視されているが、この点に関しては、菊地靖彦氏の示唆的な指摘が早くからあった[13)]。氏は、『古今集』的なものから『拾遺集』的なものへの継承、その情趣化において、屏風歌が深く介在しているとしながら、『古今集』の表現が、懸詞・縁語など、純粋に言語上の技巧を追い求めて、言葉そのものへの関心を主としている反面、屏風歌は既に「言葉」の探求の場ではなく、「屏風絵の織りなす小宇宙への主体の参入感」が重視されるとし、だからこそ、屏風歌には、懸詞、縁語といった言語上の技巧より、心が問題になっている例が多いとしている。

---

12) 注(5)の増田繁夫氏の前掲論文によると、『古今集』には屏風に関わってよまれたとその詞書に明記されている歌が、流布本の定家本によれば九種十八首ばかりあるが、但し、それらの歌は、屏風との関係の仕方が不明なものが多く、詞書の書き方によって大別すれば、次のような三種になるとされている。すなわち、第一は、「屏風に書かれた歌であることが明らかなもので、かつその筆者も歌の作者であると考えられるもの」、第二は、詞書の表現から、「屏風の絵を見て詠んだ歌であること、屏風の絵を歌題として詠んだことをいったもの」があり、以上のような二種とやや異なった形の詞書をもつものとして、「屏風の絵なる花を詠める」と題される貫之の歌、「咲きそめし時よりのちはうちはへて世は春なれや色の常なる」(雑上・九三一)などを挙げながら、「古今集は後世のように屏風歌を他の歌と特に区別する形の詞書をもっていない。それはまだ古今集の時期には屏風歌が一つのジャンルとして意識されていなかったことに対応している。」としている。p.524-525

13) 菊地靖彦「屏風歌の意味するもの」(『国文学 解釈と鑑賞』一九七九・二)p.12、なお、菊地靖彦『古今的世界の研究』第三編第二章「『拾遺集ー古今的世界の終結ー』」にも詳しく論じられている。(笠間書院、一九八〇)

> 絵そのものは視覚だけの世界である。しかしそれが主体を含んだ立体的な小宇宙となるとき、そこでは風が吹き、水が流れ、鳥も鳴く。そうした触覚や聴覚が表現されてこそ、小宇宙への参入感はたしかに強調される。屏風歌ではそうした感覚表現にかえって鋭いものが見出されることになる。主体は自分なりの判断を強調したり、思い入れをしたりする。思い入れが深ければそれだけ参入感が強調されることになる14)。

屏風歌においては、『古今集』時代の歌人が最も熱烈に追い求めた「自立する言葉の世界」よりも、「参入感」を強調させる感覚表現の敏感さが重要視されるのである。これは何を意味するのであるか。

## Ⅲ.「聴覚的な印象」における「視覚的なもの」の意味

以上のように、屏風歌の問題について簡単に触れてみたが、翻って、冒頭で提示した「聴覚的な印象」の問題について、改めて考えてみたい。石田氏の論は、『源氏物語』の文体的な特質である聴覚的印象を通して、具体的・立体的に臨場感溢れる視覚的な世界が再現されること、そして、そこから「立ち聞き」における登場人物・作者・読者の、それぞれの感覚が重なっていることを説いたものであった。「感覚」が一つの通路になり、それの共有を通して、物語の文体は客観的なリアリティを確保すると共に、固有の内面的な時空を構築するわけである。ところで、屏風歌は、画中人物に身を移して、創作・享受する方法をもたらしたが、そのような創作態度によって、享受する側は小宇宙への参入感を得る。これは、物語における感覚の問題と相通じる面があるのではなかろうか。

しかし、勿論、屏風歌と物語の制作とを単純に結びつける、乱暴な論を

---

14) 注(13)の菊地氏の前掲論文。p.12

目指しているわけではない。ましてや、「屏風歌」の「場」の概念をもって、『源氏物語』の感覚の問題を考えようとしているのでもない。注目したいのは、両方とも「視覚的なもの」を表現の起点にしている、ということである。但し、ここでいう「視覚」というのは、『万葉集』の表現にしばしば見られるような、諸感覚を統合する意味での「視覚」ではない。より純化された「視覚」なのである。五感の一つとしての個別的な感覚としての「視覚」にこだわることによって、視覚は、より鮮明な、新しい「視覚」として捉え直されるのである。従って、『源氏物語』の聴覚は、視覚表現を抜きにしては考えられない一面を持っていると言わざるを得ないが、それに関しては次のところで考えてみることにする。

# 第2章
## 「感覚」と「場面」と「時間」
## ー『源氏物語』の視覚表現をめぐってー

### I.「須磨」の風景

須磨には、年かへりて日長くつれづれなるに、植ゑし若木の桜ほのかに咲きそめて、空のけしきうららかなるに、よろづのこと思し出でられて、うち泣きたまふをり多かり。二月二十日あまり、去にし年、京を別れし時、心苦しかりし人々の御ありさまなどいと恋しく、南殿の桜は盛りになりぬらん、一年の花の宴に、院の御気色、内裏の上のいときよらになまめいて、わが作れる句を誦じたまひしも、思ひ出できこえたまふ。

いつとなく大宮人の恋しきに桜かざしし今日も来にけり

いとつれづれなるに、大殿の三位中将は、今は宰相になりて、人柄のいとよければ、時世のおぼえ重くてものしたまへど、世の中あはれにあぢきなく、もののをりごとに恋しくおぼえたまへば、事の聞こえありて罪に当たるともいかがはせむと思しなして、にはかに参でたまふ。うち見るより、めづらしううれしきにも、ひとつ涙ぞこぼれける。
住まひたまへるさま、言はむ方なく唐めいたり。所のさま絵に描きたらむやうなるに、竹編める垣しわたして、石の階、松の柱、おろそかなるものからめづらかにをかし。山がつめきて、聴色の黄がちなるに、青鈍の狩衣、指貫、うちやつれて、ことさらに田舎びもてなしたまへるしもいみじう、見るに笑まれてきよらなり。…(中略)…夜もすがらまどろまず文作り明かしたまふ。さ言ひながらも、ものの聞こえをつつみて、急ぎ帰りたまふ、いとなかなかなり。御土器まゐりて、「酔ひの悲しび涙灑く春の盃の裏」ともろ声に誦じたまふ[1]。

(須磨②二一二～二一五)

須磨に退居し逆境の一年を過ごした光源氏は、いよいよ、都恋しさが募り、過ぎ去った日々の記憶を辿る毎日であるが、といっても、傍線部のように、朱雀帝が源氏の作った詩を誦したことは、花宴巻には見えない記述である。記憶が嘘をつくのは、世の常だし、物語の整合性より、場面そのものを重視する作者の態度も窺えるところであるが[2]、いずれにしても、異郷での源氏がかなり精神的に苦しんでいたことは確認されよう。その時、都からはるばると訪ねてくれたのが、親友の頭中将であった。以下、頭中将の目に沿って、源氏の住居の有様が語られるが、光源氏が須磨に着いた初期の、次のような叙述とは、多少印象が異なると言えよう。

> おはすべき所は、行平の中納言の藻塩たれつつわびける家居近きわたりなりけり。海づらはやや入りて、あはれにすごげなる山中なり。垣のさまよりはじめてめづらかに見たまふ。茅屋ども、葦ふける廊めく屋などをかしうしつらひなしたり。所につけたる御住まひ、様変りて、かかるをりならずはをかしうもありなましと、昔の御心のすさび思し出づ。
>
> (須磨②一八七～一八八)

謫居を始める源氏の住まいは、行平の中納言が「藻塩たれつつわび」住まいをした家居の近くで、波線部のように、「茅造りの小屋や葦葺きの廊に似た建物」があったとされている。そのような住まいが、一年が経ったといえ、冒頭のように「言はむ方なく唐めいたり」と形容される住居に変わって、しかも、「所のさま絵に描きたらむやうなるに」として、一般に知られて

1) 源氏物語の引用は『新編日本古典文学全集』(小学館)の本文により、その巻名、巻数及び頁数を示す。

2) そもそも、この物語には、整合性に欠ける叙述が多すぎる。例えば、賢木巻で源氏が参内し、朱雀帝と「昔今の御物語」(賢木②一二三)をする場面は、須磨に謫居する源氏の脳裏に甦るわけであるが、そこには、「「恩賜の御衣は今此に在り」と誦じつつ入りたまひぬ。御衣はまことに身はなたず、かたはらに置きたまへり」(須磨②二〇三)として、物語にはなかった記述が見られたりする。

いる絵のような図柄だと紹介されているのである。ここも物語の整合性に欠けている展開と言わざるを得ないが、それぞれの場面が求めた風情に応じた叙述であるとして、理解できなくもない。すると、この場面が求めた風情は、如何なるものかが、問題であろう。

この点に関しては、既に天野紀代子氏の明解な指摘がある。氏は、須磨に退いた源氏の粗末な侘住まいが、途中で、唐絵のような異国風の草堂に塗り替えられたことに、まず注目してから、一見統一を欠く、このような改造が、頭中将の印象として描写されていること、なお二人の再会の場として求められた舞台背景であること、などの二点を重視し、作者は今まで密かに隠してきた手の内を露わに見せ、自らの表現方法の種あかしをしていると説いているのである。要するに、天野氏は、賢木巻の「階の底の薔薇」から、引用文の「酔ひの悲しび」に至るまでの、物語の政治的な文脈を射程に入れて、「沈淪・流謫の男同士」の交流において、漢詩文的交友の世界がいかに関与したかを綿密に検討し、光源氏と頭中将の、異郷での再会と離別の場面に、例えば、元白の友情ごときを積極的に読もうとしているのである[3)]。

というのも、賢木巻から須磨巻に至る、頭中将と光源氏との交流を描く場面の随所に、不遇時代の白居易と元稹を中心とした、漢詩文的交友の世界が著しく窺えるからである。実際、上の場面にも、『白氏文集』が下敷きになっている表現が見られる。例えば、頭中将の目に映った光源氏の住居は、「竹編める垣しわたして、石の階、松の柱おろそかなるものからめづらかにをかし」と描写されているが、言うまでもなく、『白氏文集』巻十六、律詩「香鑪峯下新卜二山居一。草堂初成偶題二東壁一五首」の冒頭に見える「五架三間新草堂。石階桂柱竹編牆。」を念頭に置いた表現であろう。奥

---

3) 天野紀代子「交友の方法ー沈淪・流謫の男同士ー」(『文学』、一九八二・八,p. 107)。なお、白居易の詩の引用とその意義に関しては、藤原克己「中国文学と源氏物語」(『新・源氏物語必携』、一九九七)に詳しい。p.28

行き五架に間口三間、新築の草堂は、石の階段、桂の柱、竹で編んだ垣であったというのだが、上の引用文に見られる須磨の住居と異なる点は、須磨の場合、「桂柱」ではなく、「松柱」であったことである。ところが、酒井宇吉氏蔵の平安時代書写の『白氏文集』には「松柱」とある(『玉上評釈』)。恐らく、平安時代書写の「松柱」の方が正しいと言われているが、いずれにしても、光源氏の侘住まいは、そのまま、白詩の和訳で、漢詩の一句が絵画的な構図として文章化されていると言える。

一方、そのような光源氏の住まいは、「所のさま絵に描きたらむやうなるに」と語られ、一般に知られているような図柄だと書かれているが、実際、このような構図が見える唐絵が残されている。既に指摘されているように、京都の東寺旧蔵の山水屏風(京都国立博物館蔵)で、平安時代に描かれた屏風として、現存する唯一の唐絵の屏風である[4]。草庵の前に隠居したと思われる老人が据えられ、そこを訪れた「都の高官」らしき人物が見えるが、まさに、冒頭の須磨の風景を想わせるものであろう。

漢詩の一句を絵画的な構図として文章化した上の引用文のみならず、そもそも、『源氏物語』には、実際の様々な絵画が取りあげられる他、絵画的な想像力に支えられる場面が数多く存在する。ここで、当時、大和絵の隆盛を背景にして、貴族が画技を好んでいたと捉え、物語における「場面」というのは、「視覚的な世界の構図を持つ文章のことである[5]」と説いた、清水好子氏の指摘を反芻しなければならない。清水氏は、「絵のような場面」と作者に言われたものは、よく観察すれば、そうした絵の画題であるものが多く、男女のいる絵は、多くの屏風歌の詞書によってもその存在の多数が知られるし、物語絵といわれるものの中心画題でもあったと推測している。

---

4) この山水屏風に関しては、小林太市郎『大和絵史論』(淡校社、一九七四)に詳しい。
5) 清水好子「源氏物語の作風」(『源氏物語の文体と方法』東京大学出版会、一九八〇)p.60

『源氏物語』における「視覚」と「場面」との関わりを説くものとして、極めて示唆に富む論であるが、問題は、いわゆる「視覚的」というのが如何なる性質のものか、という点であろう。というのは、以上のような「絵のような場面」という捉え方は、登場人物の内面にその中心が置かれているというより、読者を中心とした、物語の外側からの「視覚」の問題に主眼があると思われるからである。従って、本稿では、登場人物達が、自然の「視覚的な世界」に触発された感覚を、その心の中で如何に捉えているか、という問題を中心に「視覚」と「場面」との関わりについて考えてみたいのであるが、それに触れる前に、そもそも「感覚」というものが如何なるものかに、もう少し踏み込むため、次項では、『源氏物語』における「聴覚表現」の一例について検討してみたい。

## Ⅱ.「夜深き鶏の声」

あまり久しき宵居も例ならず、人や咎めむ、と心の鬼に思して入りたまひぬれば、御衾まゐりぬれど、げにかたはらさびしき夜な夜な経にけるも、なほただならぬ心地すれど、かの須磨の御別れのをりなどを思し出づれば、今はとかけ離れたまひても、ただ同じ世の中に聞きたてまつらましかばと、わが身までのことはうちおき、あたらしく悲しかりしありさまぞかし、さてその紛れに、我も人も命たへずなりましかば、言ふかひあらまし世かは、と思しなほす。風うち吹きたる夜のけはひ冷やかにて、ふとも寝入られたまはぬを、近くさぶらふ人々あやしとや聞かむと、うちも身じろきたまはぬも、なほいと苦しげなり。夜深き鶏の声の聞こえたるもものあはれなり。

(若菜上④六七～六八)

玉鬘によって源氏の四十の賀が行われた後、女三の宮は六条院に輿入れするが、上は、光源氏と女三の宮との新婚三日の夜のことである。引用文の少し前の場面では、光源氏の着物に香をたきしめながら、時々ふっと放心しているかに見える紫の上を後にして、光源氏が女三の宮の所へ行ったのち、まわりの女房たちが、女三の宮降嫁について不満や心配をささめきかわしていた。「をこがましく思ひむすぼほるるさま世人に漏りきこえじ」(若菜上④五三)と決意した紫の上は、努めて平静をよそおい、女房達を諌めるものの、その一方で、まわりの女房たちの視線や他の夫人たちの見舞いに耐えながら、「かく推しはかる人こそなかなか苦しけれ、世の中もいと常なきものを、などてかさのみは思ひ悩まむ」(若菜上④六七)と、つくづく考えるのである。女三の宮の降嫁によって、紫の上が、かつて経験したことのない精神的な危機にさらされているのである。

上の引用文は、突き刺さる視線を意識しすぎる紫の上が、「あまり久しき宵居も例ならず、人や咎めむ」と思い、寝所に入ってからの叙述である。しかし、寝所には入ったものの、寝つけないばかりである。まわりの人に気づかれないように、寝返りさえできず、全神経を集中して、熟睡を、心の平静をよそおっている。そして、とうとう「夜深き鶏の声」が聞こえ、光源氏と女三の宮との結婚が成就したことを告知するのである。

『源氏物語』の多くの場面は、視覚的な風景の中に、風や雨の音、川や滝の音、あるいは、鐘の音に至るまで、様々な音を挿入させている。しかし、「琴の音」でもなく、虫の音でもなく、紫の上のかすかな「寝返りの音」が問題になっている上の場面を、最も聴覚的な場面の一つとして挙げられるのは、一つの純化された感覚としての聴覚が、これほど深刻に登場人物の内面を露呈する例を殆ど他に探せないからである。実際、引用文では、かすかな寒気を感じるものの、他の諸感覚を殆ど切り捨てる形で、聴覚のみに集中している紫の上が語られているのである。

そもそも、五感というのは、一種の便宜的な分け方に過ぎず、実際の感覚は、殆どの場合、いわば共感覚的に働くのであろう。上の引用文でも、身じろぎさえ抑制しながら、熟睡をよそおう紫の上の姿が、一つの映像として随伴的に象られているし、紫の上自身も、かすかな寒気を触覚的に感知していたと語られている。しかし、にもかかわらず、「五感」のそれぞれを問題にし、場合によっては、敢えて峻別して考えようとしているのは、上のような引用文からも窺えるように、最も純化された感覚が、しばしば、登場人物の内面を、存在感覚を、その根底から覗かせているからである。

というより、そもそも、物語の場面と感覚とは共通の基盤を持っていると言えよう。物語の一瞬一瞬を静止した場面として見、その積み重ねによって物語が成り立っているとするならば、感覚も、一瞬一瞬、諸感覚のせめぎ合いによって成り立ち、そして、そのような諸感覚の積み重ねが、いわゆる共感覚的に働くからである。すなわち、「感覚」をそれとして認知するということは、視覚的な風景を主とする物語の世界を、聴覚や嗅覚などの他の感覚が浸食することを意味するのである[6]。諸感覚の中で、特に際だつものとして感知されたもの、それがいわゆる五感の一つとしてすくい上げられた「感覚」で、上の引用文の場合、聴覚が特殊な形で機能している。

長編の『源氏物語』は、長い時間と広い空間を取り込み、様々なドラマに富んでいる。駆け足で展開される事件もあれば、静止したままで終わる場面も少なからず存在する。そして、多くの場合、「感覚」が問題になるのは後者の方であろう。「感覚」への着目が有効な方法であり得るのは、純化された感覚に浸る一瞬の凝視こそが、静止した場面を根底から支えることが多く、そこから導かれた登場人物の内面が、様々な事件や展開とどのように関わるかに、まさに『源氏物語』の主題が窺えるからである。

いずれにしても、感覚が問題になっている場面は、リアリティに富んでい

---

6) この点に関しては、和田忠彦「境界の侵犯から－まなざしの手ざわり(続)－」(『国文学』、二〇〇〇・七)に示唆される所が多かった。p.128

て、なおかつ「空間的」でもあり、「時間的」でもある。諸感覚を通して、臨場感溢れる場面を構成しているのは空間的な面であるし[7]、「感覚」に浸る内面叙述は、自ずと時間の経過、すなわち、「感覚」をそれとして感じる人物の過去と現在とを顕在化しているからである。例えば、既に触れた引用文の場合、紫の上の寝返りの音は、息をひそめている「紫の上」の姿を、目の前に髣髴する存在として映像化している。そして、「感覚」をそれとして感じている「紫の上」によって、彼女自身の内面における「過去」と「現在」が凝視されるし、その一瞬の内面の露呈によって、「紫の上」という存在の、過去と現在と未来が照らし出されるのである。

## Ⅲ.『源氏物語』の視覚表現

翻って、視覚の問題について考えてみたい。『源氏物語』には様々な視覚表現がなされている。例えば、物語の一手法になっている「垣間見[8]」や、若き柏木を死に至らしめた光源氏の「視線[9]」など、枚挙にいとまがないほどであるが、ここでは「目とまる」という表現に見られる「眼差し」の問題に、まず注目したい。

「目とまる」という表現は、「御目とまる」などの形も含めて『源氏物語』に約二五例が見られるが、「ねびゆかむさまゆかしき人かな、と目とまりたまふ」(若紫①二〇七)として、「若紫」の衝撃的な登場に表現される他、重要な場面にしばしば用いられている。次のような一節に見られる「御目のとま

---

7) この点に関しては、石田穣二「源氏物語の聴覚的印象」(『源氏物語論集』桜楓社、一九七一)に詳しい。p.209-230
8) 今井源衛「古代小説創作上の一手法ー垣間見に就いてー」(『王朝文学の研究』角川書店、一九七〇)p.30
9) 三田村雅子「源氏物語の見る/見られる」(『源氏物語 感覚の論理』有精堂、一九九六)に詳しい。p.89

る」という表現も、物語の文脈を内側から照らし出す例の一つであると言えよう。

> 楽どもなどは、さらにもいはず調へさせたまへり。やうやう入日になるほど、春の鶯囀るといふ舞いとおもしろく見ゆるに、源氏の御紅葉の賀のをり思し出でられて、春宮、かざし賜せて、切に責めのたまはするにのがれがたくて、立ちて、のどかに、袖かへすところを一をれ気色ばかり舞ひたまへるに、似るべきものなく見ゆ。…(中略)…かうやうのをりにも、まづこの君を光にしたまへれば、帝もいかでかおろかに思されむ、中宮、御目のとまるにつけて、春宮の女御のあながちに憎みたまふらんもあやしう、わがかう思ふも心憂しとぞ、みづから思しかへされける。
>
> 　　おほかたに花の姿を見ましかば露も心のおかれましやは
>
> 御心の中なりけむこと、いかで漏りにけん。
>
> （花宴①三五四～三五五）

物語の世界は、春二月、南殿の桜の花の宴で、作文・管弦の遊びが次々と行われる中で、源氏が春鶯囀を、頭中将は柳花苑を舞う場面である。密通後の、宮廷儀礼の世界の中における、光源氏と藤壷を語っているが、特に、上の引用文では、「まづこの君を光にしたまへれば、帝もいかでかおろかに思されむ、中宮、御目のとまるにつけて」という表現が見られる。華麗な行事の主役である光源氏の抜群の姿に、おのずと藤壷の視線が固まってしまったのである。「目とまる」という表現は、「眺める」のではなく、「目を凝らす」のでもなく、自ずと視線が止まってしまう、という意であると思われる。言ってみれば「凍りついた眼差し」という方法の視覚表現であると言えようか。光源氏に対する藤壷の心情、その共感が「目とまる」という表現に凝縮され、「おほかたに…」の独詠歌が続くのである。

そもそも、藤壷は、その心情があまり見られない女君である。光源氏の人生を動かす永遠の女性として、物語の構想において、最も重要な人物であるにもかかわらず、その他の女性に比べて、いつも奥に据えられている印象を残す。このような藤壷の描かれ方に関しては、清水好子氏の示唆的な指摘があった。氏によれば、「読者は藤壷の存在を、対象としてでなく、光源氏の心情を通して、ある力、ある影響力として感じとる。それは言葉にされた以上の重さをもって、言葉にされたものすべてを背後から覆う力として読者に伝わってくる[10]」とされている。光源氏との具体的な関わりも物語には殆ど語られない。桐壷巻で、「源氏の君は、御あたり去りたまはぬを、ましてしげく渡らせたまふ御方はえ恥ぢあへたまはず、…いと若ううつくしげにて、切に隠れたまへど、おのづから漏り見たてまつる」(桐壷①四三)と語られた以来、密通の場面などを除けば、源氏が藤壷に参内する形で対面をするが、その叙述においても、藤壷はいつも「几帳」の奥にいた。それは源氏に感じられる「隔て」であるのみならず、読者にも感じられるそれである。

> 参座しにとても、あまた所も歩きたまはず、内裏、春宮、一院ばかり、さては藤壷の三条宮にぞ参りたまへる。「今日はまたことにも見えたまふかな。ねびたまふままに、ゆゆしきまでなりまさりたまふ御ありさまかな」と人々めできこゆるを、宮、几帳の隙よりほの見たまふにつけても、思ほすことしげかりけり。
>
> (紅葉賀①三二四)

上の引用文には、「几帳」の隙間より、源氏の姿を見る藤壷が印象的に語られている。宮廷社会の中で、源氏への愛情に身を委ねることができなかった藤壷の、にもかかわらず、一瞬にしてその内面が露呈する場面を、物語は「凍りついた眼差し」という方法で視覚的に捉えているのである。前項で触れた「寝返りの音」のように、ここでも、純化された一つの感覚が藤壷の内面を露呈しているのである。これは、『源氏物語』によく見られる、「一

10) 清水好子「藤壷宮」(『源氏の女君(増補版)』塙書房、一九六七)

つの映像として随伴的に象られる視覚風景」と位相を異にしている。読者も登場人物と一緒に息をひそめて「純化された感覚に浸る」からである。所詮、幻に過ぎない、つかの間の「感覚の共有」であるが、読者と登場人物との距離が限りなく近くなる一瞬である。

改めて、「感覚」と「場面」と「時間」の問題について考えてみたい。既に触れたように、『源氏物語』の「場面」を「視覚的な世界の構図を持つ文章[11]」と説いたのは清水好子氏であったが、その一方で、氏は、「場面」を空間的・固定的なものと捉え、それが物語の基本的性格たる時間の延展性といかに噛み合っているかについて追求している[12]。『源氏物語』の時間に関しても、「感情に浸された時間[13]、濃淡のある時間」という視点を提示しながら、視覚的に構成された場面には凝集された時間があり、それを同心円を描くように時間の歩みが大幅になって、次の濃密な時間、すなわち場面に移っていく、と捉えているのである。首肯すべき見解であろう。

しかし、それと同時に、氏のように、物語の「場面」を空間的・固定的なものとして捉えてしまうことには、やはりためらいを覚えるのである。というのは、少なくとも、「感覚」が際だつ「場面」の場合、その感覚を内面化させている登場人物、読者、両方において、既に時間が認識されているからである。実際には、清水氏が指摘するように、同心円を描くように時間の歩みが語られているとしても、登場人物や読者にとっては、「純化された感覚」を通して、内面的な時間が刻まれ、「過去」と「現在」が照らし出される

---

11) 注(5)の清水好子氏の前掲論文。p.60

12) 清水好子「場面と時間」(『源氏物語の文体と方法』東京大学出版会、一九八〇)p.72

13) 本稿の「純化された感覚に浸る」という表現は、「感情に浸された時間」という清水氏の用語に示唆される所が多かった。但し、清水氏の「感情に浸された時間」は、例えば、野分の段の「月」が、時間を示す尺度であると同時に、人間の心の内側に深く結びつくものとして使われている、などのことから導かれた用語で、基本的に「かすかな時の刻み」を前提にしていると思われる。一方、本稿は、「純化された感覚」の内面化が、既に時間を含めていると捉えている。

のである。それによってはじめて、清水氏の語る「濃密な時間」という考え方も可能になるのでなかろうか。

ちなみに、「感覚」が「内面的な時間」を刻むものとして有効に機能するためには、「感覚」そのものの性質が何よりも大切であろう。『万葉集』のように、五感を統括する感覚としての「視覚」でも、あるいは、「絵のような場面」を支える、物語の外側からの「視覚」でもなく、登場人物の内面に関わる「純化された視覚表現」について考察してみた意義は、まさにそこにあったと言えよう。

## ■ 初出一覧 (旧稿は加筆訂正をほどこしてある)

序 章(新稿)

### 第Ⅰ部 嗅覚表現の文学史的展望

第1章 大伴家持における「にほふ」
-「大伴家持における「にほふ」」(韓国日本語文学会『日本語文学』第26輯 2005.9)

第2章『古今集』の感覚
-「古今集の感覚」
(『古今和歌集研究集成第二巻』風間書房 2004.2)

第3章『古今集』の「袖」の香
-「『古今集』の「袖」の香」
(日本語文学会『日本語文学』第29輯 2005.5)

第4章 空蝉物語の「いとなつかしき人香」考-『古今集』との表現的関連について
-「空蝉物語の「いとなつかしき人香」考-『古今集』との表現的関連について」
(『むらさき』武蔵野書院 2000.12)

第5章 浮舟物語における嗅覚表現-「袖ふれし人」をめぐって
-「浮舟物語における嗅覚表現-「袖ふれし人」をめぐって」
(『国語と国文学』2001.1)

第6章「匂ふ兵部卿・薫中将」考
-「「匂ふ兵部卿・薫中将」考」
(韓国日本文化学会『日本文化学報』第26輯 2005.8)

第7章『源氏物語』の香りの諸相(新稿)

## 第Ⅱ部 五感をめぐる『源氏物語論』

第1章 源氏物語における聴覚表現ー屏風歌の制作態度とその意義ー
-日本語では新稿.しかし韓国語の論文「源氏物語表現論ー屏風歌の制作態度とその意義ー」(韓国日本学会『日本学報』第65輯)と部内容が重なる。

第2章 「感覚」と「場面」と「時間」-『源氏物語』の視覚表現をめぐって
-「「感覚」と「場面」と「時間」-『源氏物語』の視覚表現をめぐって」
(『源氏研究8』翰林書房 2003.4)

# 感覚論序説
## ―万葉・古今・源氏―

著者
金秀姫

1970년 경기도 수원에서 출생하여, 고려대학교 일어일문학과 및 동대학원 석사과정을 졸업하고, 일본 문부성 장학생으로 동경대학교 대학원에서 석사 학위및 박사 학위를 취득하였다.
현재 고려대학교 일본학연구센터 연구원으로 학술진흥재단의 지원에 의해 박사 후 연수과정을 수행하고 있다.

· 저자와의 협의 하에 인지는 생략합니다. ·

初版印刷 2005年 12月 26日 | 初版發行 2006年 1月 2日

著 者 金秀姫
發行處 제이앤씨
登 錄 第7-220號

132-031 서울市 道峰區 倉洞 624-1 現代홈시티 102-206
TEL (02)992-3224(代) FAX (02)991-1285
e-mail, jncbook@hanmail.net | URL http://www.jncbook.co.kr



ISBN 89-5668-308-5 93830 / 정가 14,000원